TANZ MIT MIR, COWBOY

Die Cowboys von Mule Hollow Serie

DEBRA CLOPTON

TANZ MIT MIR, COWBOY

Copyright © 2017 Debra Clopton Parks

Dieses Buch ist eine Fiktion. Die Namen und Charaktere sind Fantasien des Autors oder werden fiktional verwendet. Jede Ähnlichkeit mit einer realen Person, lebendig oder tot, ist völlig zufällig.

Alle Rechte vorbehalten. Kein Teil dieser Publikation darf ohne die vorherige schriftliche Genehmigung des Herausgebers reproduziert, vertrieben oder in irgendeiner Form oder mit irgendwelchen Mitteln, einschließlich Fotokopie, Aufzeichnung oder anderen elektronischen oder mechanischen Methoden übertragen werden, außer im Falle von kurzen Zitaten in Rezensionen und für bestimmte andere nichtkommerzielle Nutzungen, die vom Urheberrecht erlaubt sind. Für Genehmigungsanfragen kontaktieren Sie bitte die Autorin über ihre Website: debraclopton.com/deutsch

Tanz mit mir, Cowboy

Die junge Witwe Olivia Dancer und ihre junge Tochter fahren nach Mule Hollow, um den Vater ihres Neffen zur Rede zu stellen. Der sture Cowboy hatte ihr den Kontakt mit dem kleinen Jungen untersagt und sie ist entschlossen, sich davon zu überzeigen, dass es ihm gut geht.

Rancher Gabe McKennon hat seine Gründe dafür, dass er Olivia Dancer gegenüber so misstrauisch ist. Ihre Schwester hat sein Leben zerstört und er wird alles dafür tun, seinen Sohn davor zu schützen, all das noch einmal durchzumachen. Aber Gabes Mutter und die fleißigen Kupplerinnen von Mule Hollow machen da nicht mit.

Dann ist da noch die Tatsache, dass es ihm schwerer fällt als gedacht, Olivia abzuwehren, als sie vor seiner Tür steht.

Kann die Liebe einen Weg finden, um die Wunden der Vergangenheit zu heilen und diese beiden zusammenbringen?

KAPITEL EINS

„Ich habe Ihnen doch gesagt, dass Sie hier nicht erwünscht sind.“

Olivia Dancer war sich nicht sicher, wie sie Gabe McKennons Wörter verstehen sollte. Oder die starre Haltung, die er eingenommen hatte, als er die Tür seines Wohnhauses geöffnet und sie auf seiner Veranda vorgefunden hatte. Dort stand er nun vor ihr, breitbeinig in Jeans, mit abgetragenen Stiefeln, die ihn wie massives Holz auf der Türschwelle verankerten. Er hatte seine Arme verschränkt und starrte sie böse an.

Dieser Blick gefiel ihr überhaupt nicht. „Ihre

Mutter hat mich eingeladen.“ Ihre Worte waren abwehrend und sie schaute herausfordernd in seine himmelblauen Augen. Der Kiefer des rauen Cowboys versteifte sich unter seinem dunklen Bartschatten und seine Augen verengten sich. Der Mann hatte ein Problem, aber Olivia wusste sich zu behaupten, auch wenn sein Verhalten sie verärgerte. Er sah aus, als ob er gleich unter seinem Stetson explodieren würde.

„Meine Mutter hat Sie *eingeladen*?”

„Ja. Sie hat mich letzte Woche angerufen und uns hierher eingeladen. Sie sagte, Sie seien wieder zur Vernunft gekommen – ihre Worte nicht meine.“

Sein Kinn zuckte wieder. *Ruhig, ruhig,* wollte Olivia sagen, aber tat es nicht. Sein Verhalten hatte sie schon vor ein paar Wochen überrascht. Sie hatte ihn angerufen, um ihren Neffen zu treffen und er hatte es abgelehnt. Sie machte sie sich jetzt mit jeder Minute mehr Sorgen.

Warum sollte er ihr sagen, dass sie nicht in die Stadt kommen sollte, um ihren Neffen zu treffen – von dessen Existenz sie erst vor ein paar Wochen erfahren hatte?

„Meine Mutter muss lernen ihre Grenzen zu akzeptieren.“

Der Mann sank tiefer und tiefer auf der Unbeliebtheitsskala. „Alles, was sie gesagt hat, war, dass Sie über die Situation nachgedacht und ihre Meinung geändert haben. Das ihr beide euch freuen würdet, wenn ich und meine Tochter Wesley treffen könnten. Anscheinend ist übers Telefon nicht alles richtig angekommen.“

„Anscheinend“, knurrte er. „Und sein Name ist Wes.“

„Wes, tut mir leid. In der Geburtsurkunde steht Wesley.”

„Mama!“ Trudy, ihre zehnjährige Tochter rief aus dem Auto nach ihr. „Kann ich biiiitte aussteigen?“

Olivia warf ihr einen warnenden Blick zu. „Nein, Trudy. Bleib drinnen sitzen.“

„Aber Mama –“

„Trudy!”

„Ja, Mama.” Trudy schnaubte bei dem Ton in Olivias Stimme. Sie zog sich zurück und kauerte sich auf den Sitz, ihr Kopf über das Armaturenbrett kaum sichtbar. Ihre Haltung war, seit Olivia die Entscheidung getroffen hatte von Houston nach Mule Hollow zu fahren, nicht gut gewesen. Aber Trudy hatte andererseits auch seit dem Tod ihres Vaters vor drei Jahren Probleme damit, Veränderungen zu verarbeiten. Justins Tod war für alle schwer gewesen, die ihn geliebt hatten, aber ganz besonders für sein kleines Mädchen.

„Hören Sie“, sagte Olivia und wandte ihre Aufmerksamkeit wieder dem unzufriedenen Cowboy zu. „Ich weiß nicht, was Ihre Mutter sich dabei gedacht hat. Sie zeigen ganz klar, dass es für Sie nicht in Ordnung ist, dass wir hier sind.“

Seine gerade braune Augenbraue fragte eindeutig *Glauben Sie* ?. „Meine Mutter und ich sind uns bei dem Thema uneinig.“

„Das ist auch sehr deutlich”, Olivia näherte sich und ihr starker texanischer Akzent verstärkte sich noch durch ihre Wut, die sich bei seiner Haltung in ihr ausbreitete. „Was glauben Sie eigentlich, wer Sie sind? Ihr Sohn ist der Sohn meiner verstorbenen Schwester.“

Die letzten Monate waren überraschend,

schockierend und wunderbar gewesen. Auf der einen Seite war sie gerade mit einer ihrer Schwestern, von denen sie in jungen Jahren getrennt worden war, wiedervereint worden. Maegan, ihre ältere Schwester war am Leben, es ging ihr gut und sie waren gerade dabei, sich nach all den Jahren wieder kennenzulernen. Sie hatten auch nach ihrer jüngeren Schwester gesucht und kürzlich herausgefunden, dass diese vor drei Jahren gestorben war.

Die Nachricht hatte sie traurig gemacht und es tat weh daran zu denken, wie ihre Leben auseinandergerissen worden waren und dass sie sich niemals wieder treffen würden – zumindest nicht auf der Erde. Maegan und Olivias einziger Trost war, dass Dawn, ihre verstorbene Schwester, Kinder hatte.

Wes war ihr vierjähriger Sohn. Sie hatte auch noch eine Tochter mit einem anderen Mann. Olivia und Maegan hatten sich entschieden hinzufahren und Dawns Kinder kennenzulernen. Maegan war nach Montana gefahren, um Dawns kleine Tochter kennenzulernen, die dort bei einem alleinstehenden Onkel lebte. Zu ihrer Überraschung hatten sich

Maegan und Clint Parker verliebt! Olivia war immer noch geschockt darüber. Es war alles so schnell gegangen. Es war passiert noch ehe sie die Chance gehabt hatte ihr Leben wieder auf die Reihe zu bekommen, um nach Mule Hollow zu fahren.

Gabe McKennon wollte sie nicht hier haben. „Ob mit oder ohne die Einladung Ihrer Mutter, ich wäre sowieso hierhergekommen. Ich habe ein Recht und die Pflicht meinen Neffen zu treffen, um sicherzugehen, dass er gut versorgt wird.“ Sie fügte nicht hinzu, dass Gabe McKennon nicht gerade hilfreich dabei war, sie zu beruhigen.

„Ich bin Wes‘ Vater und er wird gut versorgt. Ich tue das, was ich für das Beste für ihn halte.“

„Und seine Tante treffen ist schlecht?“ Warum wollte er sie nicht hier haben – was war so schlimm daran? Was versteckte er? „Hören Sie zu, ich habe ein Recht meinen Neffen zu treffen.“ Sie starrte ihn an und schob das Kinn störrisch nach vorne „Ist Ihre Mutter da? Ist Wes da?“

„Nein.”

Das reichte. „Mr McKennon. Ich werde meinen

Neffen treffen, ob Ihnen das gefällt oder nicht. Es ist mein Recht. Ich möchte selber sehen, dass er glücklich ist und dass es ihm gut geht."

Die Augenbrauen des Mannes wurden flach und eine Falte bildete sich dazwischen. „Ich kann Ihnen versichern, dass beides der Fall ist."

„Entschuldigen Sie mich, wenn ich darauf bestehe, mich selbst zu versichern, vielen Dank. Ihre Haltung hat mich bisher nicht beruhigt." Es machte keinen Sinn, um den heißen Brei herumzureden. Sie hatte ihn immerhin am Anfang angerufen und von ihm war nichts gekommen. „Was für eine Art Vater sind Sie eigentlich?" Eines war sicher – sie würde die Stadt nicht verlassen, ehe sie es herausgefunden hatte.

„Meine Haltung entsteht aus meiner Sorge um meinen Sohn. Es tut mir leid, wenn Sie sich nicht willkommen fühlen, aber ich bin Wes' Vater und es ist meine Aufgabe auf sein Wohlbefinden zu achten. Und das bedeutet, dass ich Vorsicht walten lasse, wenn es darum geht, wen ich in sein Leben lasse."

Von allen Beleidigungen … hatte Olivia gerade gesagt bekommen, dass sie nicht gut genug war, um an dem Leben ihres Neffen teil zu haben. Das würde sie sich nicht gefallen lassen. Auf gar keinen Fall.

Gabe würde ein ernsthaftes Gespräch mit seiner Mutter führen. Es sah ihr nicht ähnlich sich seinen Wünschen bei so was Ernsthaftem wie Wes' Wohlbefinden zu widersetzen. Er war vor drei Wochen wirklich erschrocken, als ihn die Schwester seiner Exfrau angerufen hatte. Er hatte nicht gewusst, dass Dawn Schwestern hatte oder dass sie als Baby adoptiert worden war. Es gab viel, was er über Dawn nicht gewusst hatte. Aber als er die Tür geöffnet und Olivia Dancer gesehen hatte, gab es überhaupt keinen Zweifel daran, wer sie war. Olivia sah Dawn ähnlich und es gab keinen Zweifel daran, dass sie Schwestern waren. Sie hatten dasselbe herzförmige Gesicht, mit lebendigen, bernsteinfarbenen Augen, deren Winkel nach oben wiesen.

Hinter ihm hörte er die Hintertür aufgehen und sein Magen zog sich zusammen. Egal, ob er dieses Zusammentreffen wollte oder nicht, wenn er nicht schnell etwas unternahm, würde es passieren. Das Geplapper von seiner Mutter und Wes erfüllte die Räume hinter ihm, als sie aus dem Garten, in dem sie Tomaten gepflückt hatten, wieder hereinkamen. Wes liebte den Garten. Wes liebte alles.

„Er weiß nichts von dir“, fauchte Gabe und fühlte sich gefesselt und in die Enge getrieben.

Das Ganze war ein Albtraum. Die Mutter seines Sohnes hatte ihn verlassen, sobald das Baby geboren war. Sie hatte ihre kleine Tochter, zu der er eine Beziehung aufgebaut hatte, mitgenommen und ihm gesagt, dass er sie in Ruhe lassen solle. Es war schlimm gewesen. Jetzt wollte ihre Schwester sich in das Leben seines Sohnes schleichen. Und seine *eigene* Mutter hatte diese Situation hinter seinem Rücken eingefädelt … und ihre Söhne dem Stier vor die Hufe vorgeworfen. Das gefiel ihm nicht. Nicht ein bisschen.

Beim Klang von Wes‘ Stimme hellten sich Olivias Augen auf.

„Mama“, rief ihre Tochter wieder vom Auto aus. „Kann ich biiitte raus?“

„Nein, bleib im Auto“, rief sie ihrer Tochter zu

und drehte sich dann wieder zu ihm um. „Ist das Wes?“

Gabe hörte die sich nähernden Schritte seiner Mutter und spürte, wie er im Treibsand versank. Wes plapperte etwas über eine riesige Tomate. Als wenn er sich inmitten eines Kollisionskurses befand, konnte Gabe nichts anderes tun, als dort zu stehen. Er war ein Mann, der in Sekundenbruchteilen Entscheidungen treffen konnte, aber als er in die strahlenden, erwartungsvollen Augen von Olivia Dancer sah, zögerte er. Dieses Zögern hatte seinen Preis – es gab seiner Mutter die Zeit zu ihm zu kommen, noch ehe er die Tür schließen konnte.

Was hätte er auch tun sollen – einfach so tun, als wäre Olivia nicht da gewesen? Keine sehr diplomatische Lösung für ein Problem. Dann wiederum, wenn es um Wes ging, machte er sich keine Sorgen um Diplomatie, er machte sich Sorgen um seinen Sohn. Gott sei Dank hörte er wie seine Mutter Wes zum Hände waschen schickte, das gab Gabe ein paar Sekunden die Situation umzukehren.

„Gabe wer ist da an der Tür?“

Gabe starrte Olivia an und wollte nichts sehnlicher, als ihr einfach die Tür vor der Nase zuzuschlagen. Er hätte es auch fast getan, aber dann dachte selbst er, dass das zu unverschämt wäre.

Er hielt weiter seine Stellung vor der Tür und warf seiner gerade mal 1,50 m großen Mutter einen Blick zu. „*Georgetta*, wir müssen reden."

KAPITEL ZWEI

Georgetta McKennon neigte ihren sandblonden Kopf zur Seite und schaute Gabe argwöhnisch an. Sie war alarmiert, weil sie wusste, dass er sie nur Georgetta nannte, wenn er wirklich unzufrieden mit etwas war, was sie getan hatte.

„Gabe, gehst du mal zur Seite und lässt mich sehen, wen du da an der Tür versteckst?"

Er schaute sie über die Schulter an und blockierte ihr die Sicht, aber er wusste, dass er diesen Kampf verlieren würde. Seine Mutter war zwar nicht größer als ein Pulverfass, aber genauso explosiv. „Wenn es nach mir geht nicht“, schnaubte er. „Aber da du dafür verantwortlich bist, dass sie hier ist, habe ich wohl keine andere Wahl.“

Die Augen seiner Mutter erhellten sich vor Freude und sie klatschte in die Hände. „Wunderbar! Olivia ist da“, schwärmte sie – sie schwärmte wirklich – während sie an ihm vorbeihuschte. Sie ignorierte einfach seine schlechte Laune und begrüßte Olivia, als wäre sie ihre lang verlorene beste Freundin.

„Was für eine Freude dich hier zu haben.“ Rot vor Aufregung übersah Georgetta die angebotene Hand und schlang ihre Arme um die andere Frau. „Das ist wunderbar, einfach wunderbar!“

Olivia sah ein wenig überwältigt aus und trat mit einem warmen Lächeln zurück. „Ich freue mich hier zu sein.“

Die Aufrichtigkeit ihres Lächelns traf ihn im Innersten und sofort spürte Gabe seine Hoffnung sinken – auf keinen Fall würde er seinen Willen hier durchsetzen können. Nein … seine Mutter hatte sich in dieser Situation gegen ihn gestellt und das war nicht gut. Es war außerdem völlig unerwartet.

„Ich habe eure Zimmer schon vorbereitet und wir freuen uns so, dass ihr ein paar Wochen bei uns bleibt."

„Zimmer? Bleiben!", murrte Gabe mit aufkommender Wut. „*Wochen.*" Seine Mutter war beschäftigter gewesen, als er gedacht hatte – wie hatte sie Olivia und ihre Tochter einladen können ein paar Wochen auf seiner Ranch zu verbringen – in seinem Haus?

„Sie bleibt nicht hier." Er stellte sich quer.

„Doch!".

„Mutter. *Georgetta* –"

Georgetta schnitt ihm mit einem verärgerten Blick das Wort ab. Er hatte diesen Blick in seiner Jugend oft gesehen. Das war der „ Ich-habe-dich-doch-besser-erzogen"-Blick.

„Das ist schon in Ordnung", unterbrach Olivia und warf ihm einen eigenen wütenden Blick zu. „Wir können in der Stadt bleiben."

Gut. Er wollte sie gar nicht hier haben – aber wenn sie in der Stadt Mule Hollow blieb, war das besser als gar nichts.

„Das kommt überhaupt nicht infrage.“ Georgetta warf ihm einen strengen Blick zu. „Das Haus ist groß genug und ich habe dich eingeladen. Ihr seid meine Gäste.“ Sie zeigte auf Olivias Auto. „*Du* holst Olivias Koffer“, befahl sie Gabe. Zu Olivia sprach sie in sanfterem Ton. „Lass uns Trudy aus dem Auto holen. Wes wird sofort kommen –“

„Du wirst Wes überhaupt nichts davon sagen. Und du auch nicht”, befahl er Olivia.

„Ich würde nie etwas sagen, was Wesley verletzen würde – Wes“, korrigierte sie sich. „Aber er weiß bestimmt etwas über seine Mutter.“

Georgetta nickte schnell. “Er weiß Bescheid, aber er hat sie nie kennengelernt. Sie –“

„Sie ist nicht lange genug geblieben, um ihm im Krankenhaus im Arm zu halten.“

Gabe konnte Dawn in seinem Herz nicht vergeben. Als sie im sechsten Monat war, hatte sie damit aufgehört so zu tun, als ob sie irgendeine Art von Liebe in ihrem Herzen hatte und als das Baby geboren worden war, hatte sie sich geweigert Wes überhaupt anzusehen. Wie konnte eine Frau ihren Sohn nicht ansehen wollen?

Olivias Augen weiteten sich. „Sie hat ihn nicht im Arm gehalten? Das verstehe ich nicht.“

„Willkommen im Klub.“

„Das reicht Gabe. Olivia, wir reden später darüber.”

Trudy war aus dem Auto gestiegen und kam die Stufen hoch. Sie sah kein bisschen begeistert darüber aus, dass sie hier waren, genauso wie er.

Wenn Gabe ganz genau hinschaute, sah das Mädchen Wes ein wenig ähnlich. Sie hatten dieselbe Gesichtsform, dieselben Augen. Abgesehen davon, dass Trudy gerade wachsam aussah. Oder sich einfach nur unbehaglich fühlte, so wie er selbst.

„Trudy“, sagte Olivia. “Das sind Georgetta und Gabe McKennon.“

„Hallo“, sagte Georgetta so begeistert von der Situation, dass sie die klaren Anzeichen der Probleme einfach übersah. „Ich freue mich so, dass Wes eine Cousine hat! Du bist ganz wunderbar. Wie alt bist du?“

Trudys Blick glitt von Gabes Mutter zu ihm und verweilten ein wenig, ehe sie nach unten sah. „Ich bin zehn.“

Olivia legte ihren Arm um Trudys Schultern. „Sie hatte gerade Geburtstag.“

„Das war bestimmt toll“, lächelte Georgetta.

Gabe hörte zu und versuchte die Tatsache zu verarbeiten, dass diese beiden Fremden in seinem Zuhause wohnen sollten. Seine Mutter lebte auch hier und hatte ein Recht darauf, einzuladen, wen immer sie wollte. Aber dennoch … Wes kam aus dem Haus und unterbrach Gabes Gedanken. Sein Sohn lächelte sofort erfreut, als er Olivia und Trudy sah. Gabe fühlte, wie ihm die Situation entglitt.

„Hi“, sagte Wes und klang älter als vier Jahre. „Ich kenne euch nicht.“

Olivia kicherte, kniete sich hin und streckte ihre Hand aus. „Ich bin Olivia und das ist meine Tochter Trudy.“

„Ich bin Wes McKennon.“

Er schüttelte lächelnd ihre Hände – Wes war ein freundlicher kleiner Kerl und hatte noch nie Fremde getroffen. Gabe fühlte sein Herz vor Liebe und Stolz darüber aufgehen, wie er seinen Namen verkündet hatte. Das war sein Sohn. Er liebte ihn mehr als alles andere auf der Welt.

„Ich habe ein Pferd. Willst du es sehen?“, fragte Wes Trudy, die ein wenig überrascht aussah, aber nickte.

„Das ist eine tolle Idee“, sagte Georgetta. „Ich nehme die Kinder mit, damit sie sich Pony Boy anschauen. Ihr beide könnt euch besser kennenlernen und du kannst Olivia zeigen, wo die Gästezimmer sind.“

Es war ein klarer Tag im Mai, aber Gabe fühlte den Sturm der Saison um ihn toben, als er seiner Mutter nachsah, die den Kindern hinterherlief. Trudy schaute zurück zu ihnen, als sie wegging, ihre besorgten Augen schauten in seine und sein Unbehagen wuchs.

„Ich habe ein Recht darauf meinen Neffen zu treffen.”

Gabe war kein bösartiger Mann, er war nur beschützend dem gegenüber was ihm gehörte, aber er konnte die Verwirrung der Frau nicht ignorieren. „Tut mir leid, wenn ich so harsch rübergekommen bin. Aber es geht um meinen Sohn und ich möchte nicht, dass ihm wehgetan wird. Er beginnt damit Fragen über seine Mutter zu stellen, Fragen, die mir sagen, dass er langsam erkennt, dass es eine Lücke in seinem Leben gibt, wo sie sein sollte.“

„Ich verstehe nicht, was das mit mir zu tun hat. Was ist mit deiner Mutter?“

„Meine Mutter ist toll, aber er weiß, dass sie seine Oma ist. Die anderen Jungs haben junge Mütter. Er bemerkt das. Du bist seine Tante und ich will ihn einfach nicht noch mehr verwirren, als er es ohnehin schon ist.“

Nicht zu erwähnen, dass Wes irgendwann auch erfahren müsste, dass er eine Schwester hatte. Gabe hatte erst vor Kurzem herausgefunden wo Lilli sich befand, aber hatte noch keine Gelegenheit gehabt, Kontakt aufzunehmen. Und ehrlich gesagt war er sich auch nicht sicher, ob er das tun wollte.

„Ich bin hier, um ihn kennenzulernen. Nicht, um ihm Schaden zuzufügen. Wenn es das ist, wo vor du Angst hast, dann kannst du dich entspannen.“

Sie sah aus, als wenn sie gleich weinen würde.

Gabe bewegte sich unruhig und überlegte, was er sagen oder tun sollte.

Sie traf seinen Blick und hielt ihm stand, aller Glanz, der hätte Tränen sein können, war weg. „Keine Angst, Gabe. Ich weine nicht."

Er stellte sich gerade hin. „Ich war nicht nervös."

„Oh doch, warst du. Ich habe den Schrecken in deinen Augen gesehen."

Schrecken. „Ich hatte keine Angst."

Sie kicherte heiser. „Oh doch, die hast du. Aber die meisten Männer haben Angst vor weinenden Frauen. Also entspann dich. Bei mir bist du sicher."

Das war weit aus unangenehmer, als sie es sich je erträumt hatte. Olivia verstand einfach nicht, warum Gabe ihrem Aufenthalt hier bei ihm so feindlich gegenüber gesinnt war. Sie war entschlossen, das Beste daraus zu machen. Sie war entschlossen, die Freude, die sie gefühlt hatte, als sie von Wes erfahren hatte, aufrecht zu erhalten. Sie folgte Gabe in den Flur des großen Ranchhauses. Er trug ihren großen Koffer und ging voran, um ihr ihrs und Trudys Zimmer zu zeigen. Sie wunderte sich über den Mann, in den ihre Schwester sich verliebt hatte. Er wirkte hart …, aber andererseits war er vielleicht nur beschützend, wenn es um Wes ging. Schließlich kannte er sie gar nicht. Sie wiederum wusste, dass sie keine Bedrohung war, außer er war kein guter Vater. Sie hatte das Gefühl, dass Gabe McKennon trotz ihrer Differenzen ein guter Vater war.

Das gefiel ihr. Justin war ebenfalls ein toller Vater gewesen. Er hätte Trudy vor allem möglichen beschützt, was ihr eventuell weh tun könnte. Traurigkeit erfüllte sie einen Moment lang, so wie immer, wenn sie über ihr Leben ohne Justin nachdachte. Es war jetzt drei Jahre her, seit er bei einem Bootsunfall gestorben war und sie machte Fortschritte. Sie hatte ihr Leben mit allen Arten von Dingen gefüllt, um beschäftigt zu sein. Homeschooling für Trudy hielt sie auf Trab – aber es war nicht genug, um den ganzen Tag zu füllen. Sie hatte angefangen jede freie Minute mit Freiwilligenarbeit zu füllen, damit sie die Einsamkeit nicht übermannte, so wie in den Momenten, wenn sie nichts tat.

Sie war der Kopf der Frauengruppe, Sekretärin ihrer Sonntagschule, Mitglied der Landschaftsgestaltungsgruppe und Helferin im Krankenhaus, Freiwillige im Stadtzentrum für Senioren – und das war eine sehr, sehr aktive Gruppe. Wenn jemand einen Freiwilligen brauchte, war sie bereit. Wenn man ihr den Namen der Organisation nannte, war sie da.

Sie hasste es, es zuzugeben, aber nachdem sie ihren Kalender für die nächsten Wochen frei gemacht hatte und hier nach Mule Hollow gefahren war, konnte sie tatsächlich ein Gefühl von Frieden spüren. Dann war da noch - trotz dieses mürrischen Cowboys, der sich so vehement gegen ihren Aufenthalt hier wehrte - ein Gefühl an Erleichterung, sich von den Pflichten frei gemacht zu haben.

„Da wären wir. Such dir was aus", sagte Gabe und trat in den zweiten Raum, auf den er gezeigt hatte. Die Zimmer waren ordentlich, dekoriert im südwestlichen Stil, so wie der Rest des Hauses. Die Möbel waren rustikal und kräftig, so wie der Mann vor ihr. Sie musste zugeben, dass sie verstehen konnte, warum ihre Schwester sich von Gabe angezogen gefühlt hatte, ehe sie sich in ihn verliebt hatte. Der Mann war gutaussehend, nicht dass sie das nicht mehr bemerken würde.

Viele ihrer Freunde hatten in den letzten zwei Jahren versucht sie zu verkuppeln. Dieses Jahr war das Schlimmste gewesen. Die Geschäftigkeit in ihrem Leben hatte nicht nur die Einsamkeit verscheucht, die sie fühlte, sondern hatte ihr auch eine gute Ausrede gegeben, sich nicht mit Männern zu treffen. Wenn sie Gabe ansah, konnte sie nicht anders, als das Verrückte an der Situation zu erkennen. Sie hatte Freiwilligendienste übernommen, um der Einsamkeit Herr zu werden und doch hatte sie nicht den Wunsch verspürt, sich zu verabreden und zu versuchen, dies zu ändern. Sie sagte nicht, dass sie niemals wieder heiraten würde. Sie war erst dreißig …, aber sie suchte nicht. Sie suchte im Moment nach einer Verbindung mit ihrer Schwester.

„Das Haus ist wunderbar", sage sie. „Ich liebe die Einrichtung. Hat Dawn dir bei der Deko geholfen?"

Sie bemerkte das wütende Funkeln in Gabes Augen und sie wünschte sich schon fast, sie hätte diese Frage nie gestellt.

„Dawn hatte kein Interesse an Dekoration. Hör zu, ich muss noch arbeiten. Ich kann dich offenbar nicht von Wesley fernhalten, da meine Mutter all das ins Rollen gebracht hat, ohne mich vorher zu fragen. Also muss ich wohl darauf vertrauen, dass du vorsichtig bist.“

Olivia wollte ihm sagen, dass sie nie etwas tun würde, was Wes verletzen würde, aber Gabe gab ihr gar keine Gelegenheit dazu. Der Mann hatte seine Meinung kundgetan und ging. Er drehte sich auf seinen Fersen um und ging den Flur hinunter.

Sie trat auf den Flur und sah zu, wie er aus der Vordertür ging. Seine Stiefel hallten auf der Veranda, als er darauf trat. Die Zwischentür krachte zu und innerhalb von Sekunden hörte sie, wie er seine Autotür ebenfalls zuschlug.

Von allen unverschämten, dickköpfigen Männern, die sie je getroffen hatte, war Gabe McKennon die Krönung!

KAPITEL DREI

Gabe war sich nicht sicher, warum er in die Stadt ging, anstatt auf die Weide, wo er alleine hätte sein können. Ein wenig Einsamkeit wäre vielleicht klüger gewesen. Aber sein Truck war nach links abgebogen und dann war er da und kam vor Petes Feed and Seed zum Stehen.

Wie der Rest der Stadt war der Feed Store ein bunter Anblick. Helles Gelb mit grünem Rahmen, es stach schon fast so sehr heraus – nur *fast* – wie der ausgefallene pinke Friseursalon auf der Straßenseite gegenüber. Wenn die bunt gemischten Farben nicht wären, hätte Mule Hollow vielleicht einer alten

Westernstadt geglichen, so wie es am Horizont leuchtete. Natürlich war es viel heller, als jeder andere Ort, den er je gesehen hatte, jedes Schindelhaus war in einer anderen Farbe bemalt.

Wes war bereits im zarten Alter von vier Jahren ein Fan des alten Western. Er hatte Gabe gefragt, ob sich Männer mit Waffen auf den Dächern verstecken, als er das erste Mal die bunt bemalte Stadt gesehen hatte. Gabe lächelte, bei dem Gedanken an Wes, der auf den Dächern nach Verbrechern suchte. Sein Sohn hatte viel Fantasie und versteckte sich immer hinter den grünen Picknicktischen in der Nähe der Bürgersteige und tat so, als würde er die bösen Männer vom Dach schießen.

Aber heute nicht.

Heute war Gabe alleine einkaufen – nichts das nicht hätte warten können. Er musste nur einfach aus dem Haus kommen, ehe er etwas zu seiner Mutter oder Olivia Dancer sagte, dass er bereute.

Was hatte seine Mutter sich dabei gedacht? Die Frage stach in ihm sogar jetzt noch wie ein Dorn. Als Dawn das Krankenhaus verlassen hatte und er Wesley alleine hatte nach Hause bringen müssen, war seine Mutter immer da gewesen. Sie hatte die Kleinstadt, in der er aufgewachsen war, verlassen und war zu ihm gezogen. Sie war die Rettung für ihn und Wesley gewesen …

Aber hier hatte sie eine Grenze überschritten.

Sie hatte vergessen, dass Wes sein Sohn war und wenn er Dawns Familie nicht in Wes‘ Leben haben wollte, dann würde es auch so sein.

Aber sie hatte so viel für Wesley aufgegeben und sie war praktisch seine Mutter. Sie hatte ihn genauso wie Gabe großgezogen. Ohne sie hätte er es nicht geschafft. Warum war er also so wütend auf sie?

Weil Dawn anstrengender gewesen war, als alles, was er jemals zuvor erlebt hatte oder je wieder erleben wollte. Die letzte Person, von der er wollte, dass sie sein bequemes Leben aufmischte, war ihre Schwester. Es machte nichts, dass sie getrennt voneinander aufgewachsen waren; Dawns verletzende Art könnte genetisch sein. Es machte ihm Angst, dass es vielleicht eine Chance gab, dass Wes so werden würde wie seine Mutter. Es machte ihm Angst, zu glauben, dass es nichts gab, was er tun konnte, um das Unvermeidliche zu verändern.

Aber er wollte so nicht denken. Wes war süß, nett und liebenswürdig und so offen und ehrlich, wie Kinder nun einmal sind, sogar in seinem jungen Alter. Sicherlich würde das so bleiben. Eins war sicher – Gabe würde alles tun, was nötig war, um einen positive Einfluss zu haben. Er hatte gedacht, dass Georgetta auf seiner Seite war, aber anscheinend hatte er sich getäuscht.

„Da ist wohl jemand sauer", sagte Applegate Thornton und schritt aus dem Laden, als wenn er eine Mission zu erfüllen hatte.

Gabe war daran gewöhnt App in Sams Diner zu finden, wo er mit seinem Kumpel über dem Schachbrett brütete. So wütend, wie Gabe auch war, fand er es lustig, dass der mürrische Mann ihn fragte, ob er wütend auf irgendwas war.

„Mir gehen ein paar Dinge durch den Kopf, App." App hörte schwer, daher sprach Gabe laut.

„Das hört sich ernst an, auf jeden Fall - es hat doch nicht mit deiner Mutter zu tun, oder?"

Naja, dass hatte es, aber das würde er App nicht sagen. Wenn er das tat, würde die ganze Gemeinde davon hören. „Ich habe einen ungebetenen Hausgast", sagte er stattdessen. Es würden sowieso alle von Olivia und Trudy erfahren, die bei ihm wohnten.

„Jo, ich habe mich schon gefragt, wann sie hierherkommt."

Gabe wollte gerade durch die Tür ins Pete's gehen, aber dann hielt er mitten im Schritt inne. „Was hast du gesagt?"

Eine buschige Augenbraue schoss hoch. „Dein Gast. Wir haben uns schon gefragt, wann sie kommt."

Die Gewitterwolken hatten sich ein wenig verzogen, jetzt wo er ein wenig Distanz dazu bekommen hatte, was zu Hause passierte. Aber jetzt rollten sie erneut mit aller Macht über ihn. „Du wusstest, dass ich Besuch bekommen würde?"

„Klar. Die Frauen haben im Diner darüber getuschelt."

Über ihn? Über Olivia? Wie konnten sie davon wissen? Seine Mutter hatte nicht nur Olivia und Trudy zu ihnen nach Hause eingeladen, sondern hatte „den Frauen" auch noch hinter seinem Rücken davon erzählt. Er wusste, dass App über die drei älteren Damen der Stadt sprach – Norma Sue, Esther Mae und Adela.

„Warum sollte meine Mutter mit ihnen über Olivia sprechen?" Er stellte die Frage, noch ehe sein Verstand wieder einsetzte.

„Oh, glaub mir, sie hatten viel zu besprechen. Sie sind nicht als die Kupplerinnen bekannt, weil sie nur reden. Oder wusstest du das nicht? Ich habe vergessen, dass du lange nicht hier warst."

Gabe stöhnte. Auf keinen Fall. „Was genau haben sie besprochen, *nachdem* meine Mutter zu ihnen gestoßen ist?"

App genoss das weitaus mehr als Gabe, grinste

heimtückisch und zog seine dünnen Schultern zurück und wich zurück, „Also Gabe, das ist kein großes Geheimnis – sie haben über *dich* gesprochen."

„Das ist Duke", Wes setzte sich auf die Holzstufen an der Seite des Schuppens und nahm den zimtfarbenen gesprenkelten Welpen in seine Arme. Der Hund war genauso groß wie er, als er saß und füllte seinen ganzen Schoß. Er grinste über Dukes Schulter. „Er ist ein Prachtexemplar, oder!"

„Ja, das ist er." Olivia streichelte den Kopf des Welpen. „Er sieht auf jeden Fall wie ein Prachtexemplar aus."

„Oh, das ist er."

Trudy stand in der Nähe der Weide und schaute sich die Pferde im Stall an. Wes krabbelte unter Duke hervor und lief zu ihr.

„Willst du ihn streicheln? Guck mal." Er griff über das Tor und das Pferd kam sofort, um sich die Nüster streicheln zu lassen. „Er mag das."

Trudy kam näher und zögerte, dann streckte sie

ihre Hand aus und streichelte den Nacken des Pferdes. Olivia lächelte bei dem Anblick. Trudy liebte Pferdebücher, vielleicht tat ihr das gut, trotz der Tatsache, dass sie ihre Freunde nicht hatte verlassen wollen, nur um hier herzukommen.

„Möchtest du gerne einen Tee trinken und kurz reden?“, fragte Georgetta, als Wes begann, mit Trudy zu sprechen.

„Das wäre wunderbar.“ Olivia hatte Spaß daran Wes kennenzulernen, aber sie konnte auch nicht leugnen, dass sie herausfinden wollte, was hier vor sich ging. „Wir gehen ins Haus Trudy. Passt du auf Wes auf?“

Trudy war ihr einen unsicheren Blick zu, nickte dann aber zögernd. Trudy hatte ihre guten und schlechten Momente. Das war nicht einer der besten Momente, aber auch nicht einer der schlechtesten.

Olivia folgte Georgetta eilig zurück ins Haus. Georgetta war vielleicht klein, aber sie war nicht langsam. In keinerlei Hinsicht.

„Wes ist ein toller kleiner Junge. Meine Schwester wäre sehr zufrieden gewesen.”

Georgetta sah alarmiert aus. „Man könnte hoffen, dass sie das wäre. Aber ich hasse es, das sagen zu müssen – ich weiß ehrlich nicht, was deine Schwester fühlen würde."

Das war verwirrend. Olivia konnte das Bild ihrer Schwester nicht ganz begreifen. Oder auch ihr Verhalten.

„Was willst du wissen?"

„Ich brauche eine Erklärung. Etwas, das mir hilft, all das hier zu verstehen."

Freundliche Augen trafen Olivias und sie wappnete sich selbst für das, was sie in den nächsten Minuten hören würde.

„Fang mit Gabe an. Was ist so schlimm, dass er mich nicht hier haben will? Warum hast du mir gesagt, er wüsste, dass ich käme, wenn er es doch gar nicht wusste?"

Georgetta hielt an der Tür an. „Erstens wird er sich wieder beruhigen. Es war falsch von ihm, dich nicht hier haben zu wollen."

„Ja, ich glaube, das ist richtig. Dennoch wird das hier komisch werden. Es wäre vielleicht besser, wenn ich ein Zimmer in einem Bed & Breakfast suche, so wie wir es besprochen hatten, als du mich zum ersten Mal angerufen hast."

„Oh nein, das wirst du nicht tun! Das ist auch mein zu Hause und du bist Wes' Tante. Du wirst hierbleiben. Gabe ist nur, naja er ist einfach nur besorgt um Wes. Er hat Angst –" Sie hielt inne und warf ihr ein beruhigendes Lächeln zu.

„Er hat Angst, dass du wie deine Schwester bist. Es tut mir leid, dass hört sich schrecklich an. Komm mit in die Küche."

Ihre Worte schockierten Olivia, aber nicht so sehr wie gestern noch.

„Setz dich. Ich hole den Tee." Georgetta zeigte auf den großen Eichentisch in der Ecke.

Es war eine wunderschöne Küche mit Fliesenboden und Granitarbeitsflächen. Die Sonne schien aufmunternd durch das große Fenster, aber Olivia war nicht zum Lachen zumute. Sie hatte so viele Fragen, als sie sich an den Tisch setzte. Das Bild, das sie sich von ihrer Schwester gemacht hatte, beunruhigte sie jetzt.

Was war mit Dawn los gewesen? Wie hatte sie einfach aus dem Krankenhaus gehen können, ohne ihren Sohn in den Armen gehalten zu haben?

Georgetta sah sie mitfühlend an. „Ich denke, du hast bemerkt, dass die Dinge nicht so gut zwischen deiner Schwester und Gabe liefen.“ Sie stellte eine Teetasse vor Olivia und setzte sich dann ihr gegenüber.

„Es ist recht offensichtlich.“

„Er war wirklich verletzt und wütend … ich nehme das zurück. Ich glaube, er ist schon früh in der Ehe betrogen worden. Ich weiß nicht alles, nur das irgendwas nicht stimmte.“

„Ist sie im Krankenhaus einfach aufgestanden und gegangen?“ Olivia konnte sich so etwas einfach nicht vorstellen.

Georgetta nickte und ihre Augen wurden traurig. „Ich konnte es nicht glauben. Ich war da und an dem Tag, als das Kind geboren wurde, habe ich bemerkt, dass irgendwas nicht stimmt. Ich hatte das Gefühl schon, wenn ich mit Gabe am Telefon gesprochen habe, aber er hat mir nie viel über sein privates Leben erzählt. Aber als sie am nächsten Tag gegangen ist und

Lilly mitgenommen hatte, konnte er es nicht mehr leugnen. Es tut mir leid, dass du jetzt all diese Dinge erfahren musst, besonders jetzt, wo Dawn tot ist. Ich weiß, dass mein Sohn kein Engel ist, aber es ist offensichtlich, dass Dawn Probleme hatte.“

Olivia nippte an ihrem Tee und hoffte damit die Enge in ihrem Hals zu erleichtern. „Ich verstehe das alles nicht. Ich habe Gabe gesagt, dass ich meine Schwester nicht mehr gesehen habe, seit ich in Wes‘ Alter war. Ich habe in all den Jahren so oft an sie gedacht und mir gewünscht, ich könnte sie finden. Ich habe gebetet, dass es meinen beiden Schwestern gut ginge und sie in guten Familien wären, so wie ich. Ich hatte das Glück in eine wunderbare Familie zu kommen, die mich adoptiert hat. Und das Maegan mich gefunden hat, war ein unerwartetes Geschenk.“

„Ich kann mir nicht vorstellen, was du durchgemacht hast, als du von deinen Schwestern getrennt wurdest. Und dann bist du auch noch Witwe. Du hattest es nicht leicht. Aber man sieht, dass du stark bist.”

Olivia lächelte. „Mein Glaube hat mir geholfen.

Und meine Eltern haben mir geholfen." Sie war ziemlich unabhängig und war noch unabhängiger geworden, nachdem sie Justin verloren hatte.

„Ich hoffe, Gabe entspannt sich wieder. Es tut mir leid, wenn er dich verletzt hat."

Georgetta griff über den Tisch und legte ihre Hand auf Olivias Arm und drückte ihn. „Ich bete, dass sich das hier für dich zum Guten wendet. Vielleicht bist du hier, um ein paar offene Wunden im Herzen meines Sohnes zu heilen."

„Warte mal, ich hoffe, dass sich die Dinge für Wesley zwischen uns vereinfachen, aber ich wüsste nicht, was ich tun könnte, um irgendwelche Wunden zu heilen."

Sie wusste nicht genau, was Georgetta dachte und sie war nicht bereit all die Fehler in der Ehe von ihrer Schwester auf sich zu nehmen. Was sie bis jetzt von Gabe gesehen hatte, war, dass er ein rauer, sturer Mann war, mit dem grundlegenden Verhalten eines Jugendlichen – und das war nicht einmal fair den Jugendlichen gegenüber.

Soweit sie wusste, hatte ihre Schwester vielleicht

einen Grund für ihr Verhalten gehabt. Nicht das Olivia sich überhaupt vorstellen konnte, wie man ein Kind allein lassen konnte, aber es hätten ja auch besondere Umstände sein können. Und wenn es die gab, dann würde Olivia sie, während sie hier war, herausfinden. Und wenn es möglich war, könnte sie Wes etwas Gutes über seine Mutter mitteilen.

Sie hasste es, das Georgetta sagen zu müssen, aber sie war nicht hier, um Gabes Herz zu heilen, sie war wegen Wes hier. Es war Wes Herz, um dass sie besorgt war. *Nicht* Gabe McKennons.

KAPITEL VIER

„Ich glaube, wir hatten einen schlechten Start", sagte Olivia, als sie Gabe begrüßte, der gerade aus seinem Truck stieg. Die Frau gab ihm nicht einmal Zeit, seine Füße auf festen Boden zu setzen.

Er zog ungeduldig seinen Hut zurück. „Ich habe es doch klargemacht, als wir telefoniert haben. Wenn es um einen schlechten Start geht, würde ich sagen, kam das nicht davon, dass meine Wünsche missverstanden wurden."

Sie biss sich auf ihre Lippe und starrte ihn an. Er bekam das Gefühl, dass sie das nicht aus

Unentschlossenheit oder Sorge machte, sondern eher, um nichts zu sagen. Sie würde sicher gerne ihre Gründe aufzählen, warum sie hier war, aber sie nahm an, dass das nicht so klug wäre.

„Oh da bist du ja", sagte seine Mutter und steckte ihren Kopf durch die Tür. „Das Abendessen ist fertig. Ich dachte schon, du wärst geflüchtet."

Er würde sich mit ihr an einen Tisch setzen müssen. Der Gedanke beunruhigte ihn. „Wenn das nicht mein Zuhause wäre, hätte ich darüber nachgedacht."

Georgetta trat auf die Veranda. „Gabe McKennon, ich muss mich für dich schämen."

„Ich denke, ich werde nach den Kindern sehen und den Abwasch machen", sagte Olivia und schaute nicht mal mehr in seine Richtung, als sie zurück ins Haus ging.

„Ich weiß einfach nicht, was ich mit dir machen soll." Die Verzweiflung seiner Mutter sprudelte aus ihrem Mund, während sie ihn anstarrte. „Ich habe dich doch besser erzogen. Ja, Dawn hat dich schlecht behandelt, aber das ist kein Grund für dich, dich auch weiterhin so zu benehmen. Bis zu diesem Punkt war ich stolz, dass du mein Sohn bist, aber dieses Verhalten ist völlig unangemessen und inakzeptabel."

Seine Mutter hatte ihm noch nie gesagt, dass sie von ihm enttäuscht war. Auch wenn sie die Verursacherin dieser unangenehmen Situation war, gefiel ihm der Gedanke nicht. „Da kann nichts Gutes bei herauskommen."

„Ich glaube, dass da jede Menge Gutes herauskommen kann."

„Ich habe im Diner gehört, dass du mit Norma Sue und ihrer Gruppe in der Ecke gesessen hast." Er zog warnend eine Augenbraue hoch. „Ich hoffe wirklich, dass du keine falsche Vorstellung hegst, dass sie und ich vielleicht zusammenpassen würden. Wenn du das machst, Mutter, dann haben wir wirklich ein Problem." Seine Wut verstärkte sich bei dem Gedanken.

„Gabe. Das ist Dawns lang vermisste Schwester. Hier besteht keine Gefahr. Sie ist eine nette Frau, die ihren Mann verloren hat, den sie sehr geliebt hat. Olivia ist nicht ihre Schwester."

Er sagte seiner Mutter nicht, dass er andere Sorgen

hatte, als sich darum zu kümmern, ob sie sich wie ihre Schwester verhielt. Es war der Mutterinstinkt, der sie hergeführt hatte, um Wes zu finden, der ihm Sorgen machte. Wenn sie sein Geheimnis herausfand, dann war er überzeugt, dass sie versuchen würde, das Sorgerecht für seinen Sohn zu bekommen. Heutzutage wusste man nie, wie das Gericht in so einer Situation entscheiden würde. Selbst wenn er sich sagte, dass das irrational war, überkam ihm eine nie gekannte Angst bei dem Gedanken. Aber wenn es um seinen Sohn ging, wollte er nichts dem Zufall überlassen.

„Kommst du rein?", frage Georgetta und hielt ihm die Tür auf. „Wes hatte einen tollen Nachmittag, wenn das vielleicht eine der Sorgenfalten über deinem Auge verringert. Er ist ganz verrückt nach Olivia."

Er konnte sich nicht bewegen, als seine Mutter die Tür hinter sich zufallen ließ. Was hatte sie vor? Er hatte vor langer Zeit ihre Nachricht an der Wand gesehen. Sie hatte ihn ohne viele Gewissensbisse benutzt. Er wäre verrückt gewesen sie zurückzuwollen, so wie sie sich verhalten hatte.

Den Tod hatte er ihr allerdings auch nicht

gewünscht – auf keinen Fall – aber er hatte sich gewünscht, dass sie ihm fernblieb.

Er ging die Stufen hoch und atmete tief durch und machte dann die Tür auf. Gelächter kam aus dem Esszimmer und Olivias Lachen war unerkennbar, da es aus den anderen herausstach. Der Klang verursachte einen Schauer des Bewusstseins bei ihm, der ihn überraschte und ihn inmitten des Flurs stehen lassen ließ. Er musste die Szene nicht sehen, um zu wissen, was er an der nächsten Ecke finden würde. Es war der Klang von Gelächter gefolgt von dem neckischen Geplänkel über Wes, der ein Mini-Cowboy war …, es war der Klang einer Familie.

Es machte ihn wütend, dass er das dachte. Er hatte eine Familie und die brauchte nicht unbedingt eine Frau.

„Papa, Papa!", schrie Wes und sprang von seinem Stuhl, um Gabe entgegenzulaufen. Er schlang seine Arme um die Beine seines Vaters, der ihn sofort hochhob und fest in den Arm nahm.

Olivia wurde das Herz schwer bei dem Anblick und der Erinnerung an Trudy, die dasselbe bei ihrem Vater gemacht hatte. Wenn sie sich gefragt hatte, ob ihr Neffe hier geliebt wurde, dann war diese Frage damit beantwortet. Auch wenn er so schwierig war, Gabe liebte seinen Sohn und hatte keine Angst, das zu zeigen.

Er vergrub das Gesicht in Wes Brust und schnüffelte. „Du riechst wie eine Schildkröte."

„Ist das gut?", kicherte Wes und quietschte als Gabe ihn kitzelte. „Ich mag Schildkröten."

„Ich habe kein Problem damit, dass du so riechst. Aber deine Oma wird dich wahrscheinlich gleich nach dem Abendessen in die Wanne stecken."

„Woher weißt du, dass sie mir das gesagt hat?"

Gabe kicherte. „Sie war meine Mama, lange bevor sie deine Oma war. Sie hat mich in ziemlich viel Badewasser gesteckt, als ich so alt war wie du."

„Oh, ja. Das habe ich vergessen." Wes sah Trudy an. „Trudy riecht nicht so wie ich. Warum nicht?"

Trudy sah empört aus. „Ich bin kein Junge. Mädchen riechen nicht."

Bei den Worten ihrer Tochter musste Olivia lachen. „Mädchen baden einfach gerne öfter. Das ist vielleicht die Antwort.“

Georgetta setzte sich neben Trudy. „Wenn es um Wes geht, badet jeder lieber als er …, aber als Gabe ein Junge war, war er genauso.“

Gabe setzte Wes ab und murmelte etwas von Händewaschen und ging hinaus. Olivia fragte sich, was er dachte. Er war eine Mischung aus unzerbrechlicher Ziegelmauer und einem besorgten Vater. Es gab noch mehr darin, dass diesen Mann ausmachte, aber es waren diese ersten offensichtlichen Aspekte an ihm, die sie faszinierten. Er war verantwortlich für das Kind und aus irgendwelchen Gründen fühlte er, das er Wes vor ihr beschützen müsste. Dieser Gedanke kam ihr immer wieder. Georgetta sagte, dass er Angst hatte, dass sie so wie ihre Schwester war. Sie wünschte sich, sie könnte das verstehen.

„Papa riecht auch wie eine Schildkröte.“ Wes Augen leuchteten vor Bewunderung, als wenn es das Größte wäre, wie eine Schildkröte zu riechen.

„Du und ich, mein Sohn”, sagte Gabe und kam

wieder in das Zimmer und setzte sich. Er saß neben Wes und saß Olivia am rechteckigen Tisch direkt gegenüber. Er begegnete ihrem Blick mit festen, unnachgiebigen Augen. Sie verstand die Nachricht – er und Wes waren ein Team, verbunden durch ein unzerstörbares Band. Ein Band, das weitaus mehr als riechende Schildkröten hatte, dass sie verband.

„Trudy will sich nicht aufs Pferd setzen", sagte Wes, sobald das Gebet vorbei war. Er schaute seinen Vater ernst an. „Ich habe ihr gesagt, das Pony Boy ihr nicht wehtun wird. Sag du es ihr Papa."

Olivias Herz zog sich bei Wes Sorge um Trudy zusammen. Er hatte den ganzen Nachmittag versucht, sie auf das schöne helle Pferd zu bekommen. Olivia wusste, dass Trudy sich sehr gerne auf das Pferd setzen und reiten würde. Aber sie zögerte davor, es auszuprobieren. Und da sie nicht reiten konnte, wäre es auch gefährlich.

„Pony Boy ist lieb, wenn du ihn gerne reiten möchtest. Ich hätte kein Pferd hier, dass Wes oder irgendeinem anderen Kind Schaden zufügen könnte." Gabes Erklärung war ehrlich, während er ein kleines

Steak auf Wes Teller legte und ihr dann die Zange weiterreichte.

Olivia warf ihm ein dankbares Lächeln zu, für die Art, wie er mit Trudy sprach. Er war vielleicht ein rauer Mann, aber er hatte einen sanften Ton, wenn es um Kinder ging. Und er hatte keine Ahnung von der Sorge, die sich in ihrem Kind aufbaute. So sehr sie auch versuchte an Trudy heranzukommen, die Trauer, die sie in sich hatte, wuchs. Sie waren eine Weile zum Psychologen gegangen, aber sie hatte es gehasst, also waren sie nicht mehr hingegangen. Olivia betete, dass sie damit umgehen konnte, wenn sie so weit war. Bis dahin musste Olivia einfach warten.

Es tat unglaublich weh zu wissen, dass das Kind so trauerte und sie ihr nicht helfen konnte. Aber Olivia war auf ihre eigene Art mit dem Verlust von Justin umgegangen und in ihrem eigenen Zeitrahmen. Für Trauer gab es keinen Zeitrahmen.

„Ich schaue sie halt einfach gerne an“, Trudy sah ein wenig unbehaglich aus.

„Das ist auch in Ordnung”, sagte Georgetta und streichelte Trudys Arm. „Ich reite auch nicht gerne.

Erzähl doch mal, was ihr zu Hause so macht und wo ihr wohnt.“

Trudy spielte mit ihrem Essen, zuckte die Schultern und blieb still.

Olivia fühlte den Drang, die Stille auszufüllen. „Ich unterrichte sie morgens das ganze Jahr über. Und danach haben wir immer viel vor.“

„Was macht ihr?“, fragte Wes und kaute auf seinem Steak.

Olivia erzählte von all den verschiedenen Organisationen, mit denen sie arbeitete.

„Wenn jemand einen Freiwilligen sucht, dann rufen sie meine Mutter an“, fügte Trudy trocken hinzu.

Olivia lächelte sie an. „Du sagst es. Ich mache es. Nein gehört nicht zu meinem Vokabular, stimmt‘s Trudy?”

„Nein. Als Papa noch gelebt hat, hast du nicht so viel gemacht.“

„Stimmt”. Was sollte sie dazu sagen? Als Justin noch lebte, war sie nicht einsam gewesen. Es gab eine Lücke in ihrem Leben, die nicht länger ausgefüllt war. Und die, um ehrlich zu sein, wahrscheinlich auch nie wieder gefüllt werden konnte. Es machte nichts, ob sie für jedes Komitee zweimal die Woche arbeitete. Aber zumindest saß sie nicht zu Hause im Dunkeln und weinte … nein, zumindest nicht mehr.

Aus irgendwelchen Gründen wurde ihr Blick sofort zu Gabes hinzugezogen. Er schaute sie an – aber sobald sich ihre Blicke trafen, schaute er lässig auf seinen Teller. Aber nicht, ehe sie spürte wie sich ihr Puls bei der Intensität seines Blicks beschleunigte.

Das Gefühl trat so plötzlich auf, dass sie ihre Gabel fallen ließ und gleichzeitig die Fassung verlor.

KAPITEL FÜNF

„Danke für eure Hilfe", rief Gabe und winkte, als die vier Cowboys, die ihm mit den Kühen geholfen hatten, wegfuhren. Die Sonne begann bereits unterzugehen, als er sein Pferd über die Weide ritt. Auch wenn das Vieh, das er auf die Auktion mitnehmen wollte, bereits im Stall und für morgen bereit war, wollte er noch eine schwache Stelle im Zaun überprüfen, die er vorhin entdeckt hatte.

Seine Gedanken gingen wie schon den ganzen Tag zurück zu den Ereignissen des vorigen Abends. Nach dem Essen hatte Gabe sich entschuldigt und war zum

Arbeiten in sein Büro gegangen. Er war dort so lange geblieben, bis es im Haus ruhig geworden war und dann hatte er noch nach seinem schlafenden Sohn geschaut, ehe er sich wie ein Dieb in seinem eigenen Haus in sein Zimmer geschlichen hatte.

Wie sollte er damit umgehen? Nicht nur wegen Olivia, sondern auch wegen Trudy. Das Mädchen hatte ganz klar ihre eigenen Probleme. Jeder konnte sehen, dass Trudy Probleme hatte und er nahm an, dass diese vom Tod ihres Vaters kamen. Er könnte auch falsch liegen, aber da ihm das Gleiche passiert war, war es wie in den Spiegel zu schauen. Er wusste, dass seine Mutter das schon früh verstanden hatte. Es wäre gar nicht anders gegangen, so gut, wie sie darin war zu bemerken, was Menschen beschäftigte.

Und dann war da Olivia. Sie kämpfte auch – bei all der Arbeit, bei der sie mitmachte, musste es einen Grund dafür geben. Oder vielleicht nicht. Warum dachte er überhaupt darüber nach? Wie oft hatte er sich die Fragen in den letzten vierundzwanzig Stunden gestellt?

Nach dem Abendessen fragte er sich immer noch

dasselbe. Die Frau war lustig und gesprächig und seine Mutter hatte Recht gehabt … Wes war verrückt nach ihr.

Nach dem Abendessen rannte er zum Stall – er musste Pony Boy füttern, aber er brauchte auch ein wenig frische Luft.

Auf keinen Fall würde er Interesse an dieser Frau haben.

Der Gedanke kam ihm beim Abendessen und er konnte ihn nicht abschütteln. Das war Dawns Schwester. Die Frau, der er am misstrauischsten gegenüber sein sollte. Die Frau, die ihm das Einzige im Leben nehmen konnte, was ihm etwas bedeutete. Er war nicht an ihr interessiert.

Er schnappte sich den Eimer am Nagel im Futterraum und lief in den Schuppen und füllte den Eimer voll mit süßem Futter. Pony Boy wieherte leise vor Freude. Das Pferd war so alt wie Methusalem. Und daher brauchte es extra Futter, damit es sein Gewicht beibehielt. Aber das liebe alte Pferd war perfekt für Wes, um reiten zu lernen, weil es so sanft war.

Eines Tages, wenn Wes älter wäre, würde er ein

jüngeres Pferd kaufen, aber nicht, ehe Wesley alt genug war, um zu wissen, was er tat. Pferde waren gefährlich und Trudy hatte jeden Grund zu zögern, wenn sie nichts über sie wusste. Er wusste aus Erfahrung, dass sogar die besten Reiter Fehler machen konnten. Vorsicht sollte man nicht auf die leichte Schulter nehmen, wenn es um Pferde ging.

Sein eigener Vater hatte einen Fehler gemacht und eine verletzte Stute erschreckt, als Gabe zehn war. Sie hatte ihn mit beiden Füßen getreten und ihn ans Gatter geworfen. Er war tot, noch ehe der Krankenwagen kam. Die Erinnerung und der Schmerz berührten ihn immer noch. Er hatte seinen Vater geliebt, so wie Wes ihn liebte …! Gabes Hals wurde eng bei dem Gedanken.

„Bist du immer noch wütend, weil ich hier bin?"

Er drehte sich beim Klang der sanften Stimme hinter ihm um. Olivia stand im Schuppen. Die Abendsonne ging hinter ihr unter und sie sah aus, als ob sie in helles Gold getaucht wäre. Sie sah wunderschön aus und er musste nach Luft schnappen. Wann hatte er sich das letzte Mal so von einer Frau angezogen gefühlt? Das war lange, lange her. Es gefiel ihm nicht, dass ausgerechnet sie nach all der Zeit diese Gefühle in ihm hervorrief.

„Ich nehme an, du hast ein Recht darauf deinen Neffen kennenzulernen."

Sie warf ihm ein schwaches Lächeln zu. „Danke, dass du das erkannt hast."

Er ging in den Stall und schüttete den Inhalt des Eimers in den Trog. Seine Haut prickelte vor Bewusstsein, als Olivia näherkam.

„Er ist ziemlich alt, oder?"

„Ja. Weißt du viel über Pferde?"

Sie lachte ein wenig. „Nicht so viel. Ich habe nur gespürt, dass er eine alte Seele ist, als ich ihm gestern gesehen habe."

Er kam aus dem Stall und schloss die Tür. Pony Boy steckte seinen Kopf über die Tür und wollte ein wenig Aufmerksamkeit. „Er ist ein gutes Pferd." Gabe rieb ihn zwischen den Augen. „Ich hätte ihn nicht hier, wenn er gefährlich wäre. Wenn Trudy reiten möchte, dann ist er der Richtige."

Olivia rückte näher an ihn heran und legte ihre Hand direkt unter seine und rieb die Nüster des alten Pferdes. Er dachte, sie würde etwas sagen, aber sie blieb still.

Sie stand nah genug an ihm, um den blumigen Geruch wahrzunehmen, der ihn anzog. Er zog sich zurück, noch ehe er in Versuchung kam, sich in ihre Richtung zu lehnen und den Geruch einzuatmen.

Was machst du?

„Deine andere Schwester – wo ist sie?", fragte er und sagte das Erste was ihm einfiel. Es war schon über vier Jahre her, seit er sich von Dawn angezogen gefühlt hatte – und von der Macht dieser Anziehungskraft betrogen worden war. Wenn er Olivia ansah, dann zog sich sein Magen zusammen und er dachte daran, wie launisch er war. Nach allem, was Dawn ihm angetan hatte, konnte er sich nicht erklären, warum der Anblick ihrer Schwester, die Dawn so ähnlich sah, ihn so aus der Fassung brachte. Es war, als wenn er eine masochistische Ader hätte.

Olivia zog ihre Hand weg und drehte sich zu ihm

um, ihre bernsteinfarbenen Augen sahen beunruhigt aus. „Sie wollte Dawns andere Tochter Lilly finden und jetzt heiraten sie und Lillys Onkel. Ich kann das immer noch nicht glauben. Ich meine, Maegan schien so zielgerichtet und dann trifft sie diesen Mann, und noch ehe ich mein Auto für die Fahrt hierher betankt hatte, ist sie verlobt. Ich bin immer noch ein wenig schockiert darüber."

Und das mit Grund. Gabe zuckte zusammen, als rote Warnlämpchen bei ihm angingen. Seine Mutter hatte gesagt, nur weil sie Schwestern waren, hieße das nicht, dass sie gleich wären. Er machte einen Schritt zur Seite und schaffte mehr Distanz zwischen sich und Olivia. Diese Offenbarung bestätigte seine Angst vor schlechten Familienmerkmalen.

„Ich freue mich zu hören, dass es Lilly gut geht. Ich habe mir Sorgen um sie gemacht."

„Sie sind wirklich glücklich und Maegan hat angerufen und gesagt, sie kann es nicht abwarten, dass ich sie besuche. Natürlich will sie auch hierherkommen und Wes kennenlernen."

„Ich bin sicher, meine Mutter hat bereits eine Einladung geschickt."

Sie verschränkte die Arme und lächelte. „Nicht das ich wüsste. Ich kann verstehen, dass du wütend auf Dawn bist, aber warum magst du mich nicht? Wir haben dir nichts getan. Wir wollen einfach nur unseren Neffen kennenlernen und Teil seines Lebens sein."

„Und ich glaube, dass ich das bis zu einem gewissen Ausmaß geschehen lassen muss. Ich habe Lilly bereits gefunden und ein Treffen für die beiden geplant."

„Das freut mich", sagte sie. „Es hat ihm gefallen heute. Heute war es wirklich schön, abgesehen von deinem Verhalten."

„Das ist deine Meinung."

Ihre Augenbrauen senkten sich. „Gabe, ich verstehe dich nicht."

„Musst du auch nicht. Wenn du mich jetzt entschuldigst, ich muss noch meine Arbeit erledigen."

Sie starrte ihn an und ging dann mit einem leichten Kopfschütteln weg. Er schaute zu, wie sie um die Ecke ging und verschwand. Erst dann atmete er.

Zwei Tage hatte er hinter sich gebracht und neunzehn weitere folgten. Es würden lange drei Wochen werden.

Olivia genoss die nächsten drei Tage. Sie waren voller Spaß – wenn Gabe nicht da war. Georgetta fuhr mit ihnen ins Zentrum und sie aßen bei Sam's einem altmodischen Diner zu Mittag. Sie trafen mehrere Einwohner von Mule Hollow. Die Stadt war bunt bemalt und die Menschen dort schienen genauso bunt. Da gab es Sam den beherzten Besitzer und die zwei schwerhörigen Schachspieler, die am vorderen Tisch des Diners saßen. Es gab auch eine Gruppe Frauen in ihrem Alter dort, die viel Spaß bei ihrem Mittagessen hatten. Sie spürte, dass dies Frauen waren, die sie gerne besser kennenlernen würde.

Die Stimmung war immer noch angespannt, wenn Gabe da war. Beim Abendessen jeden Abend versuchte sie die Tatsache zu ignorieren, dass er sie einfach nur tolerierte. Sie weigerte sich, sich von seinem Verhalten ihren Besuch ruinieren zu lassen und so war sie weiterhin fröhlich und gestaltete die Zeit zusammen am Tisch so lustig und lebhaft wie möglich.

Gabe zählte vielleicht die Tage, bis sie und Trudy wieder in ihren Wagen stiegen und nach Hause fuhren, aber Olivia kümmerte sich nicht länger darum. Sie hatte einen kleinen Jungen, in den sie sich verliebt hatte und sie hatte eine wunderbare Zeit damit, ihn zu necken, mit ihm zu sprechen und mit ihm zu spielen.

KAPITEL SECHS

„Was denkst du?", fragte Norma Sue Jenkins mit einem rauen Lächeln.

Georgetta hatte ihre drei Freundinnen auf einen Kaffee getroffen, weil sie ihren Rat brauchte, wie sie Gabe helfen konnte, seine Wut, die er gegenüber seiner Exfrau fühlte abzulegen und nach vorne zu schauen. Sie war sich nicht sicher, warum sie so starke Gefühle dabei hatte, aber sie hatte ein gutes Gefühl bei Olivia.

„Ich denke, sie ist wunderbar. Sie zieht ihre Tochter alleine groß, weil ihr Mann jung gestorben ist und obwohl sie es nicht sagt, kann ich euch sagen, dass sie sich sehr einsam fühlt. Sie ist in jede Art von Funktion und Ausschuss involviert, die eine Person annehmen kann. Für mich heißt das, dass sie versucht die Einsamkeit abzuwehren. Sie füllt ihre Tage mit Arbeit."

„Da kann ich nur zustimmen", sagte Esther Mae. Ihre grünen Augen glitzerten mit Möglichkeiten, während sie ihr rotes frisch getrocknetes rotes Haar berührte. „Was ist mit Funken? Siehst du welche?"

Georgetta nickte. „Oh die gibt es, aber ich bin mir nicht sicher, ob die von romantischen Gedanken kommen. Obwohl ich gesehen habe, dass Gabe sie ansieht, auch wenn er es selbst nicht bemerkt. Zumindest glaube ich nicht, dass er das tut. Er ist so wütend, dass sie hier ist, dass ich es einfach nicht sagen kann. Aber wäre es nicht wunderbar, wenn sie sich verlieben würden – dann würde Wes Tante ihm helfen, ihn großzuziehen und Trudy würde meinen Gabe als ihren Stiefvater habe. Ich glaube romantisch gesehen, würde das wunderbar passen." Sie wünschte es sich so sehr, es könnte funktionieren … oder nicht? „Gabe verdient viel mehr als er bisher gehabt hat."

„Ja“, unterbrach Adela sie. „Aber es muss vom Herzen kommen. Ich habe ein gutes Gefühl, dass sich alles zum Guten wenden wird. Besonders für die Kinder.“

Georgetta liebte Adela. Sie war so eine starke Frau, trotz ihres zarten Aussehens, mit ihrer porzellanartigen Haut und den feinen Knochen. „Ich denke das auch. Was schlagt ihr also vor?“

Norma Sue grinste. „Ganz einfach. Sie brauchen so viel Zeit wie möglich alleine. Deine Aufgabe ist es herauszufinden, wie du das machen kannst.“

Georgetta betete den ganzen Weg nach Hause, dass sie keinen Fehler damit machte, Gabe und Olivia dazu zubringen sich besser kennenzulernen. Sie machte sich Sorgen, aber dann, so sagte sie sich selbst, wem schadete das schon, wenn es nicht funktionierte? Es war besser, wenn sie half, anstatt sich zurückzulehnen und nichts zu tun.

Oder etwa nicht?

Trudy saß auf einem Strohballen und sah Pony Boy zu,

als Gabe in den Schuppen kam. Er fühlte mit dem Kind. Er fragte sich, ob Pony Boy das auch bemerkte. Diejenige, die ihren Vater so vermisste, dass es praktisch jeder sehen konnte. Olivia sah es, da war er sicher. Er hatte es schon mehrmals in ihren Augen gesehen.

„Es würde mir gefallen, wenn ich dir das Reiten auf ihm beibringen könnte. Er braucht mehr Auslauf, als Wes ihm geben kann, so jung, wie er ist."

Sie sah ihn an, nicht so erschrocken über seine Annäherung, wie er es gedacht hatte. Anscheinend waren die Kopfhörer nicht angestellt, obwohl sie die Ohrstöpsel im Ohr hatte. Langsam zog sie sie heraus und ließ sie auf ihre Schulter fallen. „Ich möchte nicht", sagte sie.

Er zuckte mit den Schultern. „Das ist in Ordnung." Er kam herüber und nahm eine Bürste und öffnete die Stalltür.

„Willst du mir helfen, ihn zu striegeln?"

Jetzt zuckte sie mit den Schultern. Aber sie folgte ihm hinein und sah zu, als er begann, das Fell des Pferdes zu bürsten.

„Weißt du, ich habe meinen Vater verloren, als ich zehn war“, sagte er und wählte seine Worte sorgfältig. Er erinnerte sich daran, dass der Verlust schwer in seinem Herzen wog. „Das tut weh.“

Sie kam näher. Ihr Kopf hob sich. „Ja, das stimmt.”

„Geht's dir gut?” Er wollte sie am liebsten umarmen.

Sie schaute auf den Boden und nicke.

Sein Herz zog sich noch enger zusammen. „Willst du ihn striegeln?“

Sie schob ihr langes Haar hinter die Ohren und dachte nach. Sie sah ein wenig wie ihre Mutter aus, aber er war ziemlich überzeugt, dass sie mit der helleren Haarfarbe und dem eckigen, störrischen Kinn eher wie ihr Vater aussah.

„Okay“, sagte sie endlich.

Er reichte ihr die Bürste. „Hast du schon einmal ein Pferd gestriegelt?”

„Manchmal bei meiner Freundin. Aber das ist schon eine Weile her.“

„Sei nicht nervös. Mach einfach was ich mache,

mache lange Züge. So geht all der Dreck aus seinem Fell und dann glänzt er wieder.”

Er sah ihr zu, während sie arbeitete. Sie schien entspannt zu sein. Er wollte fragen, ob sie über irgendetwas reden wollte. Aber dann tat er es doch nicht. Er hätte sagen können, dass sie eine Gemeinsamkeit hatten – traurig, aber wahr – und er wusste, genauso wie er in ihrem Alter, würde sie sich öffnen, wenn sie es wollte.

„Tut es immer weh?“

Ihre sanften Worte berührten ihn. „Ja. Aber der Schmerz wird nach einer Weile ein wenig erträglicher.“

Sie sah nicht überzeugt aus, aber machte weiter. „Ich mag dieses Pferd.“

„Gut. Willst du ihn reiten?“

Trudy ritt auf Pony Boy! Olivia kam um die Ecke der Scheune und stolperte fast. Gabe stand mitten auf der Weide und hielt das Halfter, während Trudy auf dem Pferd saß. Sie wollte sie nicht stören, aber sie wollte auch nicht das erste Mal verpassen, dass ihre Tochter auf einem Pferd ritt. Olivia schaute lieber verdeckt zu. Zwanzig Minuten später stieg Trudy vom Pferd – und umarmte Gabe.

Das schmerzte Olivia und riss ihr die Boden unter den Füßen weg. Mit weichen Knien eilte sie zum Haus, setzte sich auf die Schaukel auf der Vorderveranda und wartete darauf, dass Trudy hereinkam. Ihre Tochter brauchte einen Vater.

Der Gedanke tat weh. Sie hatte einen Vater und der Gedanke Justin zu ersetzen war undenkbar. Und dennoch – könnte es jemanden da draußen geben, der diese Lücke in ihr und ihrem Kind wieder füllen konnte?

Das blieb abzuwarten, aber Olivia wusste, dass es eine Möglichkeit war, für die sie ihr Herz öffnen müsste.

„Vielen Dank."

Gabes Puls beschleunigte sich bei dem Klang von Olivias Stimme hinter ihm. Er hatte viel über sie nachgedacht und es störte ihn, dass er sie so attraktiv fand.

„Für was?"

Er spannte sich an, als sie nur ein paar Schritte vor ihm zum Stehen kam. Beim Mittagessen hatte sie gelacht und Geschichten von älteren Menschen erzählt, mit denen sie gerne im Seniorheim der Stadt arbeitete. Sie schien ihre Zeit dort zu genießen und man konnte sehen, dass es gut für die Bewohner war, dass sie für sie da war. Allein ihr Lächeln erhellte den Raum, aber wenn sie lachte …, dann sprudelte es aus ihr heraus und machte irgendwie alles leichter. Sogar Trudy, so mürrisch sie auch sein konnte, konnte nicht anders als über ihre Mutter zu lachen, die davon erzählte, wie sie mit Mrs Blossom auf der Krankenstation im Rollstuhl umhergerast war.

Er war noch überraschter gewesen, als Trudy ihm beim Reiten erzählt hatte, dass ihre Mutter allein letztes Jahr zwanzig Heiratsanträge von den Männern im Seniorenheim bekommen hatte. Es war offensichtlich, dass er vielleicht einen Fehler dabei gemacht hatte, zu glauben, dass sie wie ihre Schwester war. Dennoch konnte er nicht zu vorsichtig sein. Was, wenn sie herausfand, dass Wes gar nicht sein Sohn war? Er wusste, dass das Gericht ihn als Wes Vater anerkennen würde. Das war er schließlich. Aber dennoch behagte ihn der Gedanke nicht.

„Danke, für das, was du für Trudy getan hast. Sie hat mir erzählt, dass sie Pony Boy geritten ist, aber ich muss zugeben, dass ich es gesehen und ihr ein paar Minuten zugesehen habe."

„Sie ist ein nettes Mädchen. Sie hat es gut gemacht."

„Sie sagte, dein Vater ist gestorben, als du im selben Alter wie sie warst."

Er nickte. „Es ist eine schwierige Zeit." Sie starrten sich einen Moment lang an. Er spürte die Anziehungskraft zwischen ihnen, als wenn sie mit einem elastischen Seil verbunden wären, dass sie näher aneinander zog.

„Du bist ein merkwürdiger Mann, Mr McKennon. Manchmal sehr rau, aber du hast ein großes Herz."

Er sagte nichts, sondern zog den Deckel von der Futterkiste ab.

Sie kam näher. „Das wird nicht funktionieren.”

Er warf ihr einen Seitenblick zu und wünschte, sie würde gehen. „Was wird nicht funktionieren?“

„Du läufst mir nicht weg. Und ich glaube auch nicht länger, dass du ein Griesgram bist.“

„Vielleicht solltest du das.“

Sie schüttelte ihren Kopf. „Ich glaube, wir müssen lernen Freunde zu sein. Oder vielleicht ist Freundschaft ein zu starkes Wort für dich, um sich dabei wohlzufühlen. Vielleicht müssen wir einfach lernen uns zu tolerieren, für Wes und Trudy. Sie sind immerhin Cousins und es sollte dir wichtig sein, dass Wes eine Familie hat. Du liebst ihn und ich glaube, wenn du mal ein wenig in dich reinhörst, dann weißt du das selbst. Er ist so ein wunderbarer kleiner Junge.“

„Ja, das ist er.“

Er wollte Wes beschützen – oder? Vor was? Diese Frau schien wirklich nett zu sein, trotz all ihrer Auftritte. Aber Dawn hatte ihn betrogen und genauso könnte es ihre Schwester tun. Dennoch hatte sie recht. Trudy und Wes waren Cousins und trotz allem wusste er, dass er in diesem Punkt unrecht hatte. Wes brauchte eine Familie. Er sah sie an und fragte sich, ob er versuchte, sich selbst vor Olivia zu schützen?

Er bot ihr den Futtereimer an. „Einen Eimer voll davon“, sagte er und schaute zu, als sie es ihm abnahm.

Ihre Finger berührten sich, als er ihr den Eimer übergab und ihre Augen weiteten sich leicht bei dem Kontakt. Sie fühlte es also auch. Warum er das getan hatte, wusste er nicht aber er fühlte sich von ihr angezogen.

Auch wenn er das nicht wollte.

„Danke“, murmelte sie und tauchte den Eimer in den Futtertrog.

„Warum bist du so sicher, dass ich nicht egoistisch bin?“

„Weil du deinen Sohn so sehr liebst.“

„Und woher weißt du das?“

Anstatt ihm zu antworten, trug sie den Eimer in den Stall und stellte ihn dort ab. Er schaute vom Tor aus zu und wartete.

„Sagst du mir gerade, dass du ihn nicht liebst?“

„Nein! Natürlich liebe ich meinen Sohn.”

Sie kam vor ihm zum Stehen. „Siehst du, sage ich

doch. Auch wenn ich mir nicht ganz sicher bin, warum du das nicht gleich gesagt hast. War das eine Art Test?“

Er stützte einen Stiefel auf die untere Sprosse der Stalltür. „Vielleicht. Ich wollte sehen, was du sagst. Wie dein Verstand funktioniert.”

Sie kicherte. „Oder ob ich überhaupt Verstand habe.“

„Das hast du.”

„Und meine Schwester?”

Wie ein wütender Sturm verdunkelte sich seine Stimmung. „Wenn du sie hier ins Gespräch bringst, dann sind wir durch. Ich habe dir gesagt, dass ich nicht über sie sprechen will.“

„Ich hatte dich nicht für einen Feigling gehalten.“

Wut überkam ihn. „Sag mal, Lady, wer ist gestorben und hat dich zur Klügeren gemacht?“ Sobald die Wörter heraus waren, bereute er es. Olivia wurde blass wie ein Laken, ehe sie aus dem Stall ging.

„Oh nein“, murmelte er und schaute zu den Dachsparren auf, während seine Hand über seinen Nacken strich. Er wusste, er musste das wieder gut machen, er ging ihr also hinterher.

„Olivia.“ Er erwischte sie, ehe sie aus dem Stall war. „Es tut mir leid.” Er griff nach ihrem Arm und hoffte, dass sie anhielt. Sie hielt an, aber drehte sich nicht um. „Ich bin ein Idiot“, sagte er und fühlte sich schlecht bei der ganzen Sache. Ihre Schultern sackten, als er sie umdrehte, damit sie ihn ansah. Die Feuchtigkeit auf ihren dunklen Wimpern ließ ihn sich noch schlechter fühlen. „Ehrlich, ich meinte das nicht so. Das war ziemlich gemein.“

„Du hast aber recht. Ich bin nicht die Klügere”, sagte sie sanft. „Er ist gestorben. Ich bin nur die Überlebende. Die sich von einem Tag zum anderen hangelt.”

„Und ich bin der egoistische Idiot.”

Er war sich nicht sicher, was er tun sollte, also tat er das Einzige, was sich richtig anfühlte – er zog sie in seine Arme, bot ihr Trost, auch wenn sie es vielleicht nicht gerade von ihm wollte. Sie kam trotzdem und schien sich nur für einen Moment gegen ihn wehren zu wollen. Ihr Haar lag weich an seinem Kinn und sie roch nach demselben zarten Duft, den er einfach nicht mehr aus seinem Kopf bekommen konnte.

„Bist du okay?“ Er fühlte sich unbeholfen und merkwürdig. „Ich meine, geht es dir gut nach dem Tod deines Mannes?“ Es hörte sich völlig falsch an, so etwas zu sagen. „Ich weiß es war schrecklich schwer für meine Mutter, als sie meinen Vater verloren hatte. Es war gefühllos von mir so etwas zu sagen.“

Sie machte einen langen, schaudernden Atemzug und zitterte in seinen Armen. „Meistens schon. Aber manchmal überkommt es mich doch. So wie jetzt. Es tut mir leid.” Ihre Worte klangen gedämpft gegen seine Brust.

„Du musst dich nicht entschuldigen.“

Er verstärkte seinen Griff und hörte die Spur Schmerz in ihren Worten. Er verstand sie, obwohl er es nicht wollte. Es wäre ihm lieber gewesen, wenn Dawns Betrug nicht wehgetan hätte. Es wäre ihm lieber, er hätte sich nicht in sie verliebt. Aber das hatte er. Er hätte sie nicht geheiratet, wenn er sich nicht um sie gesorgt hätte … zumindest ein wenig.

Olivia entzog sich ihm und schaute zu ihm hoch. Ihre Wimpern waren dunkel mit bernsteinfarbenen

Augen darunter. Er hatte gedacht, es wären Dawns Augen, aber jetzt merkte er, dass sie heller und ihre Lippen voller geformt waren, mit einem kleinen Grübchen am Rand. Lustig, dass sie Dawn gar nicht so ähnlich war, wie er erst gedacht hatte.

„Du siehst aus, als wenn du es geschafft hast. Du bist stark."

„Das musste ich." Sie blinzelte und drehte ihren Kopf, um die Tränen zu verstecken, die aus den Rändern ihrer Augen kullerten.

Er hob seine Hand und berührte sanft ihr Kinn und drehte es, damit sie ihn ansah. „Hast du ihn sehr geliebt?"

Olivia nickte. „Er war ein guter Mann, der Beste. Lustig. Süß. Stark. Immer mein Beschützer.

Gabe wunderte sich plötzlich, welche Worte jemand der ihn liebte, benutzen würde, um ihn zu beschreiben. Lustig und süß würden es bestimmt nicht auf die Liste schaffen. Stark würde vielleicht gar nicht vorkommen. Beschützer – die Rolle konnte er ausfüllen und fühlte sich gut dabei. Distanziert … ja die letzten drei Jahren hatten ihn verändert. Er war härter geworden und hatte sein Herz verschlossen.

Er sah Olivia an und fühlte sich völlig hilflos, als die Tränen langsam über ihre Wangen flossen. Er wischte sie weg. „Es tut mir leid, dass du ihn verloren hast.“ Er sagte das Einzige, was sich richtig anfühlte.

Sie blinzelte die letzten Tränen auf ihren Wimpern ab und suchte seinen Blick.

„Danke.“

Die Zeit schien still zu stehen, während er dort stand. Es war, als ob alles in den Fokus rückte, als er in ihre Augen schaute. Es war, als ob er in zwei Augen schaute und die Zukunft sah. Verrückt.

Er wollte sich zurückziehen merkte aber, dass er wie angewurzelt dort stehen blieb, wo er war und sie festhielt. Noch nie zuvor hatte er sich so von ihr angezogen gefühlt.

Sie versteifte sich in seinen Armen und traf seinen Blick und war genauso überrascht wie er. Zum Handeln gezwungen entfernten sie sich beide voneinander.

„Ich – ich –“, stotterte sie und drehte sich zum Gehen, lief aber in die falsche Richtung und drehte um.

„Ich muss los. Ich muss –“ Sie blieb ein paar Schritte entfernt von ihm stehen und ihre Stimme brach ab, als sie sich umdrehte und seine Augen in ihr eigenes wunderschönes und unsicheren Augenpaar blickte.

Er trat zurück. „Ich ähm, es tut mir leid“, schaffte er zu sagen, ehe er aus dem Hinterausgang des Schuppens wankte und auf die Weide dahinter. Er hielt erst an, als er am Rande eines Unterstands ankam, der sich 50 m vom Schuppen entfernt befand. Sein Kopf dröhnte und sein Herz pochte wie ein wütender Bulle, der Rache wollte. Er konnte sich nicht konzentrieren. Was hatte er sich dabei gedacht?

Er hatte Olivia Dancer küssen wollen.

Aber das war nicht der Gedanke, der ihm beim Laufen weiche Knie bereitete. Er hatte ein Leben mit ihr in ihren Augen gesehen. Und das machte ihm Angst.

KAPITEL SIEBEN

Sie hatte ihn küssen wollen. Olivia war immer noch überrascht davon, als sie am nächsten Morgen aufwachte. Sie wollte ihn küssen – und dass, nachdem er sie wegen Justin getröstet hatte! Wie konnte sie den Namen ihres Mannes aussprechen und im gleichen Atemzug einen anderen küssen?

Der reine Gedanke hatte sie verwirrt, während sie aus dem Stall geeilt war. Jetzt lag sie ruhig in ihrem Bett und lauschte der Stille des Hauses, sie schloss ihre Augen und sah sofort den Sonnenuntergang von gestern Abend, als sie zurück ins Haus gerannt war, um nachzudenken. Sie hatte am Rande des Gartens angehalten, ihr Herz, ihr Kopf und ihr Bauch waren in Aufruhr, während sie dem Sonnenuntergang zusah. Es war eine wunderschöne Mischung aus Orange und Pink, hell leuchtend mit goldenem Licht

Ah! Sie drehte sich auf den Bauch und zog sich das Kissen über den Kopf. Was denkst du eigentlich, Olivia? Das Beste, was sie tun konnte, war sich wieder daran zu erinnern, dass sie wegen dem Sohn ihrer Schwester hier war. Sie war nicht wegen dem … dem hier da! Wie auch immer man es nannte, wenn man plötzlich aus einem dunklen Tunnel kam.

Und jetzt musst du ihm gegenübertreten.

„Es wird Zeit, dass ihr alle endlich mal zum Essen kommt“, sagte Sam am Donnerstagabend, als sie ins Diner kamen.

Zu Gabes Unmut hatte seine Mutter darauf bestanden, dass sie alle zu Sams All-you-can-eat Fischnacht gingen. Widerwille konnte Gabe nicht beschreiben, als er sie in die Stadt fuhr. Wes liebte die

Fischnacht, und obwohl Gabe nein sagen wollte, hatte er nachgegeben, als Wes darum bettelte hinzugehen. Es war leicht zu sehen, dass Olivia auch nicht gehen wollte, aber dann stimme sie zu.

Wie zwei Gegner in neutralen Ecken hatten sie die Angriffspositionen eingenommen, ehe sie in den Truck gestiegen waren. Sie war genauso misstrauisch ihm gegenüber, wie er ihr. Der Gedanke passte ihm nicht.

„Jetzt sind wir da“, sagte er und schüttelte Sams Hand mit eisernem Griff, um sich dem des älteren Manns anzupassen.

„Du bist auf jeden Fall hübsch“, sagte Stanley Orr von seinem Platz vorne im Diner aus. „Hat dir schon mal jemand gesagt, dass du wie deine Schwester aussiehst?“

Gabe wollte Stanley sagen, er solle wieder Schach spielen gehen und sich um seine eigenen Angelegenheiten kümmern, aber er und sein Freund App aßen Wels und spielten kein Schach. Dennoch wünschte er sich, die Menschen würden Dawn nicht erwähnen. Besonders nicht vor Wes.

„Jo, du siehst ihr wirklich ähnlich", grunzte

Applegate grinsend.

„Danke“, sagte Olivia. „Georgetta hat mir Fotos von Dawn gezeigt und ich glaube, sie war wunderschön. Ich bin da nicht mal nahe dran.“

„Das bist du auf jeden Fall“, sagte Esther Mae entrüstet, als sie hinüberkam, um sie zu begrüßen. „Du bist wunderschön.“

Alle anderen, die sich um sie versammelten hatten, stimmten mit ein. Gabe sah, wie seine Mutter ihn mit Interesse anschaute und er setzte einen neutralen Ausdruck auf. Oder so dachte er zumindest, aber das Funkeln in Georgettas Augen deutete stark darauf hin, dass sie sein Interesse gesehen hatte.

„Wollen wir einen Tisch suchen?“, fragte er mürrisch.

„Ich will in einer Nische sitzen”, Wes griff nach Trudys Hand und führte sie in die Richtung der Nischen, mit seiner Oma, die ihm folgte. Sie unterhielten sich noch ein wenig, ehe Gabe und Olivia ihnen folgen konnten. Als sie die Nische erreichten, sah Gabe, dass Sam einen Kinderstuhl für Wes hingestellt hatte. Aber es waren die leeren

Nischensitze, die ihn ins Schwitzen geraten ließen. Zu seinem Entsetzen saßen Georgetta und Trudy an einer Seite und ließen die andere für ihn und Olivia frei. Er konnte auf keinen Fall nicht neben ihr sitzen, ohne ein Drama darum zu machen. Er steckte in der Klemme.

Olivia war vor ihm gelaufen und hatte sich durch die Gäste gewunken. Sams war an Donnerstagabenden eher wie eine Familienversammlung. Die Bewohner kamen her und pflegten ihre Kontakte, ehe sie sich an ihre Tische setzen, um ihren gebratenen Fisch zu genießen. Da er größer als sie war, sah er ihr Dilemma, ehe sie es tat. Als sie endlich aus der Menschenmenge kam und die freien Plätze sah, hielt Olivia plötzlich an und er stieß gegen sie.

„Entschuldigung“, sagte er.

Sie starrte ihn über ihre Schulter hinweg an.

Er machte ihr keine Vorwürfe. Er saß im selben Boot. Und es sank und das ziemlich schnell.

„Liebst du diesen Ort nicht auch einfach?”, fragte Georgetta am Tisch sitzend, als Olivia und Gabe sich in die Nischensitze setzen.

Olivia versuchte unbehelligt auszusehen, als sie gezwungen wurde, neben Gabe zu sitzen. Sie hatte das nicht erwartet. Auch nicht all die Aufmerksamkeit, die sie auf sich gezogen hatte. Okay, vielleicht hatte sie ein klitzekleines bisschen erwartet, dass sie Aufmerksamkeit erregen würde. Immerhin hatte Georgetta gesagt, dass man nach ihr fragte. Aber da war noch etwas anderes, dass sie in den Augen von Georgettas Freunden gesehen hatte. Norma Sue, Esther Mae und Adela. Spekulation? Freude?

Etwas … etwas, dass ihr sagte, dass sie etwas *wussten*, dass sie nicht wusste? Aber *was*? Oder bildete sie sich das nur ein? Immerhin hatte sie darüber nachgedacht, Gabe zu küssen.

Und darüber dachte sie seit gestern viel nach.

„Das tu ich", Wes verzog sein kleines Gesicht und sah nachdenklich aus. „Ich komme hier schon her, seit ich ein kniegroßer Grashüpfer bin. Ich glaube, so hat Mr. App mir das gesagt. Du hast ihn gehört, Oma. Hat er das gesagt?"

„Ja. Wes, genau das hat er gesagt." Georgetta

strich ihm liebevoll über das Haar. „Das heißt, dass du ziemlich klein warst."

„War ich ein Baby, Papa?"

„Das warst du", grunzte Gabe.

Olivia versuchte zu ignorieren, dass sein Bein nervös wackelte, was die Bank zum Zittern brachte. Es schockierte sie, dass er nervös war. Oder aufgeregt. Das war wahrscheinlich näher an der Wahrheit.

Sie schafften es, das Essen zu überstehen. Trudy war ein wenig missmutig. Wes war aufgeregt und Georgetta gesprächig. Olivia erfuhr, dass Georgetta eines Tages auf Reisen gehen wollte.

„Was ist mit dir Olivia? Was sind deine Pläne?", fragte Georgetta.

„Meine Pläne? Naja, Trudy und ich sind ziemlich beschäftigt. Wie ich schon gesagt habe, wir sind gerne viel unterwegs. Mein Ziel ist es, sie durch die Schule und durchs College zu bringen."

„Hast du schon mal darüber nachgedacht umzuziehen?"

Was für eine lustige Frage. „Nicht wirklich. Trudy hat ihre Freunde dort. Der Gedanke kam mir mal kurz, nachdem Justin gestorben war. Aber das scheint unfair meinen Eltern gegenüber.“ Sie sagte nicht, dass es ihnen schwergefallen war, sie hier herfahren zu lassen. „Ich musste mir meine Unabhängigkeit nach Justins Tod erhalten. Mein Vater, den ich sehr liebe, hätte sonst versucht, über unser Leben zu bestimmen.“ Sie lächelte Trudy an. „Opa meint das gut, aber er ist ziemlich eigensinnig und Gott sei Dank habe ich einige seiner Eigenschaften entwickelt, nachdem er mich all die Jahre großgezogen hat. Wenn ich das nicht getan hätte, hätte er mir jeden Schritt vorgeschrieben – in dem Glauben natürlich, dass er nur das Beste für uns täte.“

„Glaubst du, du hast Eigenschaften von deinen Adoptiveltern entwickelt?”, fragte Gabe, wischte sich seine Hand an der Serviette ab und drehte sich leicht zu ihr, um ihr seine Aufmerksamkeit zu schenken. Seine Knie berührten ihre, als er das tat. Sie zog ihr Knie weg trotz der plötzlichen Anziehungswelle, die sie verspürte.

„Ich glaube das nicht, ich *weiß* das. Ich bin viel zu sehr wie mein Vater, als dass es Zufall wäre.“

Gabes Augenbrauen wurden flach, während er über ihre Aussage nachdachte. „Was ist mit Eigenschaften von deinen biologischen Eltern?“

„Das weiß ich wirklich nicht. Ich war nicht älter als Wes, als sie bei einem Autounfall ums Leben gekommen sind und ich in die staatliche Pflege gekommen bin. Ich kann mich kaum an sie erinnern.“

„Ich erinnere mich auch nicht an meine Mutter.“

Wes Aussage überrasche sie alle. Er zwinkerte unschuldig, wie es nur ein kleines Kind tun konnte. Olivia hätte ihn umarmt, wenn sie es gekonnt hätte, aber Gabe saß zwischen ihnen am Tisch.

„Ich wünschte, wir hätten sie beide kennengelernt.“

Neben sich spürte sie Gabes Anspannung. Olivia wünschte sich, sie würde mehr über Dawn wissen. Das Bild, dass sie sich zusammengesetzt hatte, war über die vergangenen Wochen nicht besser geworden. Sie hatte sich entschlossen, wenn sie wieder bei ihm zu Hause waren, diese Anziehung beiseitezulegen, da sie sie nur von ihrem Ziel ablenkte und Gabe zu befragen. Es war Zeit für Antworten. Es musste doch etwas Gutes an

Dawn gegeben haben, dass er mit ihr und Wes teilen konnte. Wes musste etwas über seine Mutter erfahren.

„Willst du meine Mama sein?” Wes Frage kam unerwartet und überraschte alle. Er lächelte so breit, als wenn ihm gerade in seinem kleinen Kopf ein Licht aufgegangen wäre, und fuhr weit in lautem und begeistertem Ton fort. „Du kannst Trudys Mama sein *und* auch meine Mama!“

KAPITEL ACHT

In den nächsten Tagen beschäftige der Gedanke Olivia, dass Wes eine Mutter haben wollte. Er wollte, dass sie seine Mutter wäre. Nachdem er in Sams seine Gedanken ausgesprochen hatte, hatte alle am Tisch für eine Weile geschwiegen - auf der Suche nach Worten. Es war gut, dass Sam dann ihr Essen brachte und sie sich darauf konzentrieren konnten.

Es war nicht ihre Aufgabe ihm zu sagen, dass er vielleicht irgendwann eine neue Mutter haben würde. Oder ihm zu sagen, dass es nicht sie sein würde. Sie hatte ihm gesagt, dass sie seine Tante war. Die Schwester seiner Mutter, sie musste es noch einmal erklären. Aber er hatte gesagt, dass sie seine Mutter sein könnte, wenn sie wollte. Es war schon fast wie ein Spiel für ihn. Der süße Junge lächelte die ganze Zeit. Eines Tages wäre er alt genug, um es zu verstehen.

Sie wollte alleine mit Gabe sprechen, aber als sie ins Haus kamen, fragte Trudy, ob sie ein Spiel mit ihr spielte und war dabei hartnäckig. Im Restaurant schien Trudy von Wes Aussage besorgt gewesen zu sein und so konnte Olivia die Gelegenheit ein wenig Zeit alleine mit ihr zu verbringen nicht abschlagen.

Am Ende konnte sie erst am nächsten Tag mit Gabe sprechen. Vor allem, weil er verschwand, sobald sie zu Hause angekommen waren. Aber am Freitag nahm Georgetta zu ihrer Überraschung beide Kinder mit in die Stadt, um Lebensmittel zu kaufen. Sie hatte wohl auch bemerkt, dass Trudy sich ein wenig langweilte und Georgetta wollte ihr Ranger zeigen, eine größere Stadt ungefähr siebzig Meilen von hier entfernt.

Anstatt das sie Olivia fragte mitzukommen, wie sie es

erwartet hatte, schlug Georgetta vor, dass es gut für Trudy wäre, ohne ihre Mutter Zeit mit Wes zu verbringen. Olivia stimmte zu und so war sie nun hier. Es war die perfekte Gelegenheit, um mit Gabe über Wes zu sprechen. Sie sagte sich, dass sie sich nicht darauf freute, Zeit mit Gabe alleine zu verbringen – dass sie nur einfach all diese Themen besprechen mussten. Nein, es hatte absolut nichts damit zu tun, dass sie bei ihm sein wollte …

Sie log und sie wusste es.

Gabe McKennon hatte etwas in ihr zum Leben erweckt, dass sie lange nicht mehr gefühlt hatte. Wenn er sie ansah, fühlte sie sich wie eine Frau. Selbst wenn er sie finster ansah. Und das tat er ziemlich oft.

Es war offensichtlich, dass er von ihrer Attraktivität genauso verstört war, wie sie selbst … und sie konnte sehen, dass er sich zu ihr hingezogen fühlte. Eine Frau wusste solche Dinge. Sogar eine Frau, die so lange aus der Übung war wie sie.

Aber glaubte er immer noch, dass sie nicht hier sein sollte?

Der Tag war kühl und sie saß auf der

Verandaschaukel, als er die Auffahrt hochgefahren kam und seinen Wagen parke. Duke rannte auf ihn zu, um ihn zu begrüßen und er beugte sich hinunter, um den Welpen zu streicheln, sobald seine Stiefel auf den Kies traten. Groß, schlank und gefährlich – diese Beschreibung überraschte sie, aber das war genau das, was ihr einfiel. Da sie sich immer von Justin beschützt gefühlt hatte, wusste sie, dass die Frau, die sich in Gabe verliebte, dass gleiche fühlen würde.

Dann wiederum, wenn das so war, warum war Dawn gegangen? Diese Frage plagte Olivia, warum würde eine Frau bei vollem Verstand von einem Mann wie ihm weglaufen?

Es war ihr unverständlich. Aber sie kannte auch die Tatsachen nicht. Hatte es etwas in der Art von Gabes Verhalten ihr gegenüber gegeben, weswegen sie gegangen war?

Aber wenn das so war, warum hatte sie ihr Baby dagelassen?

Oh, mein Gott. Ihre Gedanken verflüchtigten sich, drehten sich nicht mehr und sie senkte den Blick, als er ihr entgegenkam. Ihr Atem stockte in ihrer Brust. Er trug eine dünne Staubschicht über seinem T-Shirt und Jeans. Seine Stiefel waren mit Sporen ausgestattet, die klirrten, während er lief. Ihre Kehle war staubtrocken, als er direkt vor der Veranda zum Stehen kam.

„Hi." Er zog seinen Cowboy Hut von seinem Kopf und schlug ihn gegen sein Knie. Er schaute sich um. „Wo sind die anderen?"

Ihr Puls drohte sie ohnmächtig werden zu lassen, es war so unberechenbar. „Sie sind in die Stadt gefahren."

Wirklich Olivia, krieg mal wieder einen klaren Kopf.

„Mule Hollow?"

„Ranger. Deine Mutter wollte ein wenig Zeit mit ihnen alleine verbringen."

Seine Augenbrauen senken sich und sie wusste, dass er dasselbe dachte, wie sie, während sie dort gesessen hatte. War das *Absicht* gewesen?

„Ja", sagte sie und schaute ihn an. „Ich glaube, es ist ziemlich offensichtlich, dass das Absicht war."

Er hatte nicht erwartet, dass sie das sagen würde. Sie hatte nicht erwartet, dass zu sagen, aber sie war nervös. Ihr Magen rumorte mit tausend Schmetterlingen. Sie erinnerte sich daran, dass sie mit ihm über Wes sprechen wollte, um etwas über seine Mutter zu erfahren. Warum dachte sie also daran, wie nett es wäre ein wenig Zeit mit ihm auf der Verandaschaukel zu verbringen? Der Gedanke schockierte sie. Aber es war die Wahrheit.

Es war lange her, seit sie auf einer Verandaschaukel gesessen und mit einem Mann gesprochen hatte … Justin, um genau zu sein. Sie hatte ihre Gespräche genossen. Ihre Zeit zusammen.

Ihr Herz machte einen Satz, als sie in diesem Moment erkannte, dass sie nur an Gabes Begleitung dachte.

„Ich gehe mich waschen", sagte Gabe und sein finsterer Blick sagte ihr, dass ihm der Gedanke genauso wenig gefiel, wie ihr selbst.

Ha. Wie wäre es damit, dachte sie, als er die Treppe hochging und das Haus betrat. Sie wollte gerade aufstehen, als er seinen Kopf aus der Tür steckte.

„Geh nirgendwo hin. Wir müssen reden."

„Oh, okay”, sagte sie und spürte, wie sie lächelte. Zwanzig Minuten später, als er zurückkam, war sie genauso aufgeregt wie Wes, nachdem er zu viel Zucker gegessen hatte.

„Ich fühle mich besser.“

Er sah tatsächlich frisch rasiert aus und sein dunkles Haar kräuselte sich an den Spitzen, wo es noch nass war. Er trug ein orangefarbenes T-Shirt und ein paar schmucklose, abgetragene Jeans. Er sah zugänglicher aus als den Rest der Zeit, seit sie hier war.

„Ich habe eine neue Viehlieferung auf der unteren Weide und ich muss rausfahren und sie beobachten. Willst du mitfahren? Ich kann dir ein wenig die Ranch zeigen.“

Das war völlig unerwartet. „Klar, dass wäre toll.” Sie wollte mit ihm über Wes sprechen. Sie wollte mit ihm über ihre Schwester sprechen, aber ein paar Minuten später saß sie neben ihm im Truck. Sie hoppelten über die Weide und durch mehrere Tore auf neue Weiden. Es war wunderbar und überall gab es

Teiche. Und Rehe!

„Schau mal”, rief sie atemlos, als die erste Gruppe von fünf Rehen in die Deckung der Bäume verschwand, und über den Boden hüpfte, während sie rannten. „Sie sind so wunderbar. Oh, da sind noch mehr!“ Sie lachte, als ein weiteres Paar aus dem Schatten rannte, aufgeschreckt durch den Wagen. „Das ist so toll, Gabe. Wes kann sich wirklich glücklich schätzen, hier aufzuwachsen.“

Er war entspannt, als er fuhr, eine Hand hatte er über das Lenkrad gelegt und schaute sie an.

„Deswegen habe ich dieses Grundstück gewählt, als ich es gekauft habe. Ich wollte Wes die Möglichkeit geben, als Junge vom Land aufzuwachsen. Und als Cowboy.“ Er grinste.

„Einmal Cowboy, immer ein Cowboy”, neckte sie.

„Gibt es noch was anderes?“

„Natürlich nicht“, kicherte sie und fühlte sich gut. „Aber ich glaube, dass hängt davon ab, wen du fragst.“

Er zog eine Augenbraue hoch. „Diejenigen, die zählen, werden an Cowboys glauben.“

Olivia konnte ihren Blick nicht von ihm

abwenden. „Dann zähle ich wohl dazu“, sagte sie, wissend, dass sie wirklich an Cowboys glaubte. Oder an Gabe McKennon.

Sie erreichten das Vieh und Gabe hielt im Schatten eines riesigen Eichenbaums, sodass er die Herde beobachten konnte. Sein Kopf drehte sich von dem, was Olivia gerade gesagt hatte. Hatte sie damit gemeint, dass sie an ihn glaubte? Der Gedanke sandte einen Schauer durch ihn – er wollte, dass sie an ihn glaubte.

Er wollte es auf die schlimmste Art und Weise. Die Erkenntnis verblüffte ihn.

„Es gibt fast genauso viele Babys wie Erwachsene.“

Er lachte. „Das ist eine Gruppe von Müttern und Babys. Da ist das dann immer so.“

„Ich nehme an, das war nicht das Schlauste, was man sagen konnte.”

„Stadtkind”, neckte er sie und fühlte sich so unbeschwert, wie schon lange nicht mehr.

Sie lehnte sich in ihren Sitz, entspannte sich und hing ihren Arm aus dem Fenster, als sie über die Weide schaute. „Daran könnte ich mich gewöhnen, glaube ich. Ihr Cowboys nennt das Arbeit, hm?"

Sie hob eine Augenbraue, die ihn zum Lachen brachte. „Der Teil ist schwer, muss ich zugeben. Aber jemand muss es ja tun."

„Du machst auch eine gute Arbeit."

„Danke. Ich versuche es."

Ihre Blicke trafen sich für ein paar Sekunden. Gabe wurde plötzlich unruhig. „Willst du aussteigen?"

„Klar." Sie griff nach dem Türgriff, als ob sie ebenfalls der Enge des Wagens entkommen müsste.

Der Gedanke sandte ein angenehmes Gefühl an Bestätigung durch ihn. Sie ging ein paar Schritte vom Truck weg und schaute zu, wie die Sonne hinter der Viehherde schon leicht unterging. Er musste den Wunsch unterdrücken zu ihr zu gehen und seine Arme, um sie zu legen. Aber der Wunsch war überwältigend. Was war das? Er hatte sich noch nie in seinem Leben so mit jemandem verbunden gefühlt. Noch nie.

„Er muss etwas über seine Mutter wissen, weißt

du.“ Olivia verschränkte die Arme – er wünschte sich, sie täte es, damit sie sie nicht nach ihm ausstreckte. Aber das war vielleicht zu viel Wunschdenken.

„Ich denke da schon seit gestern drüber nach.“ Er hatte immer noch diesen brennenden Groll Dawn gegen über, und trotzdem war sie Wes Mutter. „Vielleicht hast du recht.“

„Ich weiß, dass meine Schwester dir wehgetan hat – nein, werde jetzt nicht wieder abwehrend“, sagte sie, als er sich bei ihren Worten versteifte. „Ich bin nicht hier, um ihren Platz einzunehmen. Ich bin hier, um herauszufinden, wer sie war und als Mutter bin ich enttäuscht von ihren Entscheidungen. Aber ich muss mich fragen, warum sie so war. Ich kann nicht verstehen, dass sie dich mit dem Baby, das ihr zusammen bekommen habt, alleine gelassen hat. Besonders als Mutter. Aber Wes muss etwas von seiner Mutter erfahren. Sicherlich kannst du ihm etwas erzählen. Georgetta spricht nicht viel über sie, sie sagt ihm immer nur, dass seine Mutter ihn geliebt hat. Aber es gibt keine Geschichten – nichts an dem er sich festhalten kann.”

Was würde sie sagen, wenn sie die Wahrheit kannte? Wie würde sie die Dinge sehen, wenn sie wüsste, dass ihre Schwester ihn geheiratet hatte, damit sie ihm das Baby von einem anderen zum Großziehen überlassen konnte?

„Das ist einfach – es gibt nichts zum Festhalten für ihn, weil es nichts gibt. Ich kenne sie kaum. In Wirklichkeit hab ich mich wie ein Idiot in sie verliebt. In einer Minute war ich Single und in der nächsten verheiratet, und ein Baby war unterwegs. Ich kenne ihren Namen, aber überhaupt nichts über ihre Vergangenheit. Nichts."

Oliva sah überrascht aus. „Aber warum? Das hört sich überhaupt nicht nach dir an."

Wie konnte er das erklären? „Ich habe mich verliebt, Hals über Kopf. Dawn war alles, was ich in einer Frau gesucht habe. Eine Ehefrau. Sie hat ihren Charme eingesetzt, ihre Schönheit und hat mich erwischt, ich bin voll auf sie reingefallen … und ich meine wirklich reingefallen. Schon bald nach der Hochzeit ist die Illusion verschwunden und ich habe bemerkt, dass ich ausgetrickst wurde."

„Aber was wollte sie?“

Er hatte schon mehr gesagt, als er hätte sagen sollen. Auf keinen Fall konnte er ihr sagen, dass sie einen Vater und ein Zuhause für ihr Baby gewollt hatte. Und dennoch, als er die Ungläubigkeit und Sorge in Olivias schönem Gesicht sah, brachte es ihn fast dazu, ihr alles zu erklären, um zu sehen, ob sie – ob sie was?

Was ist mit deinem Sohn?

„Ich nehme an, sie dachte sie wollte ein Baby. Sie hat schnell erkannt, dass sie das doch nicht wollte. Und sie wollte keinen Mann.“ Er lachte schroff. „Da habe ich erkannt, dass ich sie überhaupt nicht kenne. Ich hatte eine hübsche äußere Schale einer Frau mit oberflächlichen Kern geheiratet.“ Er wusste es nicht anders zu sagen. Und doch war er selbst ziemlich unklug gewesen, weil er sich keine Zeit genommen hatte, um die Frau hinter diesem hübschen Äußeren wirklich kennenzulernen.

„Wie traurig.” Olivia blieb stehen und atmete flach. „Ich hatte darauf gehofft, meine Schwester kennenzulernen. Ich frage mich, ob sie wegen ihrer Vergangenheit so war. Du weißt, vielleicht weil sie uns, ihre Schwestern nie kennengelernt hat. Sie war so jung, sie konnte keine Erinnerung an mich und Maegan haben. Oder vielleicht hatte sie eine winzige Erinnerung und suchte nach etwas schwer erreichbarem?“

Er konnte Olivia nur anstarren. Sie hatte schon wieder entschieden Mitleid für ihre Schwester zu empfinden. Es war ärgerlich. „Versuchst du immer das Verhalten der Menschen zu entschuldigen, indem du die schlimmen Dinge, die sie getan haben, kleinredest? Oder ist das etwas, was du nur für deine Familie machst?“

Ihre Augen wurden dunkel vor – was? Ekel? Wegen ihm? Oder war es Mitleid? Letzteres ließ sein Temperament aufkommen. „Warum siehst du mich so an?”

„Du musst ihr endlich vergeben. Ich gebe zu, das ist nicht das, was ich über meine kleine Schwester erfahren wollte. Aber es ist offensichtlich, dass ich jetzt nichts mehr für sie tun kann. Aber Gabe, du musst das endlich hinter dir lassen. Wenn du das nicht machst, ist das nicht gut für dich und für Wes. Du musst nach vorne schauen. Bitterkeit kann die Seele eines Mannes zerstören. Es wäre schade, wenn diese Bitterkeit, die du für meine Schwester empfindest, dir dein zukünftiges Glück zerstört. Es verletzt dich nur. Und Wes.“

„Ich kann damit umgehen. Ich spreche nicht über sie, wie soll das Wes wehtun?”

„Weil er vielleicht die Gefühle, die du für seine Mutter hast, spürt. Selbst wenn er keine Erinnerung an sie hat oder keine Geschichte oder Ähnliches, um sich ein Bild von ihr machen. Er wird deine Reaktionen sehen und sie sich entsprechend vorstellen. Er wird deine Gefühle kennen. Du musst sie gehen lassen.“

Daran hatte er nicht gedacht. Konnte das stimmen?

„Wes‘ einzige Hoffnung so etwas wie eine Mutter kennenzulernen ist, wenn du vielleicht wieder heiratest.”

Für eine kurze Zeit hatte sich der Gedanke daran, wie das Leben mit Olivia sein würde an den äußeren Rand seiner Gedanken geschlichen. Er hatte nicht groß darauf geachtet, aber er wusste, dass sie da gewesen waren. Tief in seinem Herzen wusste er, dass Olivia Substanz hatte. Da steckte eine wunderschöne Person in dieser wunderschönen Haut.

Er schüttelte seinen Kopf und versuchte das Bild, das er sich ausmalte abzuschütteln. Es war gefährlich. Er begegnete ihrem sanften Blick und atmete scharf ein. „Ich bin einmal dumm gewesen. Das wird nicht noch einmal passieren."

„Das ist schade. Die Ehe kann etwas Wunderbares sein, wenn sich zwei Menschen lieben. Ich war wirklich gesegnet, so eine Ehe gehabt zu haben. Justin ... er war wirklich ein liebender und ehrlicher Ehemann."

Er hatte das gewusst, noch ehe sie es gesagt hatte, dass sie eine schöne starke Ehe mit ihrem Mann geführt haben musste. Es traf ihn, dass Justin auch gewusst haben musste, wie glücklich er war, sie zu haben. Er schaute sie an und Gabe spürte einen Stich der Eifersucht. Justin hatte Glück gehabt … nein, dass stimmte nicht – Justin war ein *gesegneter* Mann gewesen. Er hatte in seinem kurzen Leben etwas kennengelernt, was einige Männer nie kennenlernten – wahre Liebe. Es klang kitschig, aber Gabe beneidete ihn darum.

KAPITEL NEUN

Was ist los mit mir? Betete Olivia. Sie hatte seit dem Gespräch auf der Weide vor drei Tagen an nichts anderes außer an Gabe denken können. Nachdem er gesagt hatte, dass er nicht wieder heiraten würde, hatte ihr Herz für ihn geschmerzt. Sie wollte, dass er wusste, wie es sich anfühlte, geliebt zu werden. Wirklich geliebt. Ihr Herz wurde schwer für Dawn, aber sie verstand, dass sie nichts weiter für ihre Schwester tun konnte, außer ihr Kind für sie zu lieben. Das war der einfachste Teil. Es war Gabe, der ihr schlaflose Nächte bereitete und die Uhr anschauen ließ, bis er endlich nach Hause kam.

Er hatte sich seit ihrem Gespräch auch verändert. Er schien weniger verhalten und beim Abendessen saß er nicht länger mit der Mauer um sich herum. Er machte Witze und neckte sie. Es war leicht in dem Glitzern von Georgettas Augen zu sehen, dass sie zufrieden war. Olivia wusste, dass die Bitterkeit in Gabes Herz auch seiner Mutter Sorgen bereitete. Sie wollte, dass ihr Sohn verheiratet und glücklich war und sie wusste, genau wie Olivia, dass er diese Gefühle, die ihn umgaben, überwinden musste, ehe er nach vorne schauen konnte. Wenn er nur eine kleine Gnade für die Erinnerung an Dawn hätte und den Ärger vielleicht gehen lassen könnte, könnte er es vielleicht schaffen.

„Wir freuen uns so, dass ihr gekommen seid", sagte Norma Sue am Sonntagmorgen, als Olivia und Trudy mit Gabe und seiner Familie die Mule Hollow Church of Faith betraten.

„Ich freue mich, hier zu sein. Georgetta hat mir gesagt, dass das hier eine wunderbare Kirche und der

Pastor wirklich ein Glaubensmann ist."

„Oh, das ist Chance Turner auf jeden Fall. Er ist eine Art Prediger, der nicht um den heißen Brei herumredet. Er ist ein Cowboy und du kennst Cowboys – sie sagen, wie es ist."

Gabe lachte darüber. „Ich glaube, ich kenne ein paar Cowgirls, die dasselbe tun."

Norma Sue legte ihre Hände auf ihre runden Hüften. „Das freut mich, dass du das bemerkt hast. Ich würde nie für etwas anderes bekannt sein wollen"

Olivia kannte die Rancherfrauen noch nicht lange, aber es war leicht zu sehen, dass man bei Norma Sue genau das bekam, was man sah.

Sie gingen in die Kirche und wurden von vielen Menschen begrüßt, als sie an ihre Plätze gingen. Als alle zu einer Bank gingen, um sich zu setzen, fand sie sich am Ende irgendwie zwischen Gabe und Trudy mit Wes und Georgetta am anderen Ende sitzend.

Die Predigt des Priesters war einfach und leicht zu verstehen und doch hatte sie Probleme sich auf etwas anderes zu konzentrieren als dem Mann an ihrer Seite.

Mehrmals während des Gottesdiensts schaute

Gabe zu ihr herüber. Sie vermisste die Kirchenbesuche mit Justin und nach seinem Tod war es ihr lange Zeit schwergefallen in die Kirche zu gehen. Wenn sie Gabe anschaute, konnte sie nicht leugnen, dass es sich gut anfühlte.

„Bleibt ihr alle zum Mittagessen?", rief Esther Mae und eilte hinüber, sobald sie in den Sonnenschein getreten waren.

„Auf jeden Fall", versicherte Georgetta. „Ich habe einen Kuchen und einen Braten im Auto." Sie drehte sich zu Gabe. „Würdet ihr beide das für mich holen? Ich muss noch mit Esther Mae sprechen."

„Klar, wenn das in Ordnung für dich ist?" Gabe sah Olivia an.

Sie lächelte. „Ich komme gerne mit den Kuchen holen. Mir läuft schon seit heute Morgen, als ich ihn gesehen habe, das Wasser im Mund zusammen."

Georgetta musste ziemlich früh aufgestanden sein, um den Kokosnusskuchen so früh fertigzumachen. Sie schaute hinüber und sah, dass Trudy mit ein paar Jungen in ihrem Alter sprach. Sie lächelte und das tat Olivias Herz gut.

„Spielst du Volleyball?"

„Ich liebe Volleyball. Warum?"

Sie liefen über den Parkplatz und Gabes Ellbogen berührte den ihren. „Weil du hier gerade ein paar Volleyballfreaks getroffen hast. Norma Sue ist wie ein General, der ihre Truppen gerne herum scheucht. Und Esther Mae wird immer so aufgeregt, dass sie dich sofort umrennt."

„Hört sich super an. Spielst du?"

„Wenn sie mich dort hin mitnehmen, dann schaue ich lieber zu. Es ist besser als *Rocky*."

„Das muss ich sehen. Und ich glaube, da ich keine Wechselklamotten dabei habe, werde ich auch zuschauen."

„Dann schauen wir zusammen zu – wie wär's?"

Sie nickte und sah zu, wie er den Kofferraum seines Trucks öffnete. Sie streckte die Hände aus, um den Kuchen in Empfang zu nehmen, aber anstatt in ihr zu geben, sah er sie einfach nur an. Ihr Herz klopfte und für einen Moment lang, dachte sie er würde sie küssen! Der Gedanke schickte einen Schauer über ihren Rücken und ihre Kehle wurde so trocken wie die

Wüste. Ihr Herz begann laut zu schlagen.

„Also“, krächzte sie. „Ich denke, wir gehen besser zurück.”

Er nickte. „Ja, das ist wohl besser.”

Er sah selbst ein wenig verunsichert aus, als er endlich nach dem Kuchen griff und ihn ihr übergab. Ihre Finger berührten sich dabei. Sie war erstaunt, wie so eine kleine Berührung jeden Nerv in ihrem Körper berühren konnte.

Nein, kein Volleyball für sie heute. Sie würde sich nur zum Idioten machen, wenn sie da hinausging. Wenn ihre Nerven angeschlagen waren, hatte sie keine gute Auge-zu-Hand Koordination. Sie wäre nur Futter für *Americas funniest Home Videos*, wenn sie heute spielen würde.

Sie hatten eine schöne Zeit in der Gemeinschaft nach der Kirche. Und sie hoffte, dass Gabe die Predigt über Gnade verstanden hatte. Sie wusste in ihrem Herzen, das er in seinem Herzen Gnade für Dawn finden musste. Das war der einzige Weg für ihn wieder frei zu sein. Der einige Weg für ihn wieder zu lieben.

Und sie erkannte, dass sie wollte, dass er wieder liebte.

Sie wollte es mehr, als sie es verstehen konnte und ihr Herz schmerzte bei dem Gedanken daran. Der Gedanke in einer Woche zu gehen, lastete schwer auf ihrem Herzen. Wenn sie gehen konnte und wusste, dass es ihm besser ginge, wäre es einfacher.

Ja, das war alles, was sie vom Gehen abhielt. Oder?

Gabe hakte den Viehwagen von seinem Truck ab, gerade als die Sonne unterging. Von dieser Scheune im hinteren Teil seiner Ranch aus konnte er die Spitze des Hauses über den Bäumen sehen. Wenn das Haus nicht auf einem Berg sitzen würde, hätte er es überhaupt nicht sehen können. Er fragte sich, was seine Familie heute gemacht hatte, während er beim Viehverkauf war.

Es traf ihn, dass er, wenn er an seine Familie dachte, Olivia und Trudy zusammen mit Wes und seiner Mutter einschloss. Dieser gefährliche, unerwartete Gedanken blieb dennoch. Er wusste, dass er Probleme bekam, wenn er so dachte. Nur die Tatsache, dass das Gefühl wie aus dem Nichts gekommen war, traf ihn schwer. Es war jetzt über zwei Wochen her, seit Olivia bei ihm vor der Tür gestanden hatte, aber es fühlte sich an, als wäre es ewig her. Es war, als wenn er sie schon seit Jahren kannte.

Gabes Herz wurde beim Anblick des Sonnenuntergangs schwer. Sie würde schon bald gehen. Der Gedanke begann, an ihm zu nagen. Es ärgerte ihn. Aber es war dumm sich so zu fühlen. Nach allem, was er mit Dawn durchgemacht hatte, wusste er es besser, als sich von seinen Gefühlen leiten zu lassen. Er wusste es besser, als sein Herz – er schreckte bei dem Gedanken, sobald er ihm kam, auf. Sein Herz würde sich nicht damit befassen.

Sein Herz würde gut verpackt hinter geschlossenen Türen bleiben. Hatte er nichts aus Dawns Betrug gelernt?

Aber du hast Dawn nicht geliebt. Du hast nur gedacht, dass du sie liebst.

Das stimmte. Er hatte das fast von Anfang an gewusst und dennoch hatte er sein Herz für alle außer für Wes verschlossen.

Sogar seine Mutter hatte manchmal Probleme durch diese Barriere zu dringen.

Olivia war nicht ihre Schwester. Der Gedanke klopfte an die Tür seines Herzens.

Der Priester hatte darüber gesprochen Gnade denjenigen gegenüber zu zeigen, die dich verletzt hatten. Olivia wollte, dass er Dawn Gnade zeigte. Sie wollte, dass er Dawn verzieh. Er sollte ihr vergeben und nach vorne schauen.

Als er nach Hause ging, kämpfte er mit sich. Er war sich nicht sicher, ob er das tun könnte. Aber er wollte es versuchen.

Und er wusste, dass das zumindest ein Anfang war.

„Was ist Muttertag?", hatte Wes am Mittwochnachmittag gefragt. Gabe war schon früh nach Hause gekommen, um ihn reiten zu lassen und

Wes saß hinter Trudy, als sie Pony Boy in einem großen Kreis um Gabe herumritt. Bei dieser Frage warf Trudy Olivia einen Blick zu.

„Das ist nächsten Sonntag, oder Mama?

„Das stimmt."

„Wir haben eine Karte dafür in der Sonntagsschule gebastelt. Aber wir sollten es dir nicht sagen."

Gabe stand in der Mitte der Weide und hielt das Seil, während das Pferd um ihn herumlief. Als Wes sprach, drehte Gabe sich um, sodass ihre Blicke sich trafen. Sie waren wie Magneten, die zueinander gezogen wurden, aber das konnte nicht sein. Sie hatten sich gegenseitig erwischt, wie sie sich in den letzten Tagen angestarrt hatten. Jedes Mal stolperte und verkrampfte sich ihr Herz. Oh, wie sehr sie … Stopp. Sie wusste, sie befand sich auf gefährlichem Terrain. Verrücktem Terrain.

Sie kannte ihn doch erst seit zwei Wochen. *Zwei Wochen.*

„Man gibt seiner Mutter eine Karte, um ihr zu zeigen, dass man sie liebt", erklärte Trudy. Sie liebte es Karten zu basteln und Olivia freute sich über jede Einzelne. „Für wen hast du eine Karte gemacht?“ Da war ein Klang in ihrer Stimme, der Olivia aufhorchen ließ.

„Ich habe eine Karte für Oma gemacht, aber ich wollte auch eine für Olivia machen.”

„Aber –“ Trudy versteifte sich vor ihm.

Olivias Herz schrie förmlich auf, bei den süßen, ehrlichen Worten. Sie müsste Trudy erklären, nicht böse auf ihn zu sein.

„Wir könnten Karten basteln. Das wäre lustig. Oder Trudy?”

Ihre Tochter warf ihr sture, leicht eifersüchtige Blicke zu. Olivia gab ihr einen flehenden Blick und bat sie dem Kind Raum zu geben.

„Das würde Spaß machen”, sagte sie endlich. Wes Freudenschrei hätte jedes andere Pferd in Panik versetzt, aber das gute alte Pferd lief einfach weiter. Duke jedoch sprang von dort, wo er geschlafen hatte, auf. Der große Welpe sah seinen kleinen Freund mit erwartungsvollen, hellen Augen an.

Olivia beugte sich hinunter und streichelte ihn.

„Das ist okay, mein Junge. Es geht ihm gut."

Aber ging es ihr gut?

Der reine Gedanke, dass Wes ihr eine Karte zum Muttertag machen wollte, hatte ihr Herz zum Pochen gebracht. Wie konnte sie das Kind zurücklassen, das sie sofort so sehr in ihr Herz geschlossen hatte?

Als sie hochsah, traf ihr Blick Gabes. Sie sah, dass er sich umgedreht hatte, während das Pferd weiterlief und jetzt konnte sie ihm im Profil sehen. War das nur ihre Fantasie oder sah er blass unter der Bräune aus?

Gott, das Netz, was um sie gewoben war.

Wenn sie das zuließ – und das würde sie nicht – aber wenn sie es zuließ, wusste sie, dass sie ihn lieben konnte.

Sie wusste, sie könnte mit Trudy hierbleiben und eine Familie haben …, wenn sie ihr Herz losließ und einen freien Willen hätte.

Aber das ging nicht. Sie musste sich an ihr Herz halten, an ihre Gefühle. Sie musste.

KAPITEL ZEHN

Olivias Herz war traurig bei dem Gedanken, dass sie und Trudy am Muttertag gehen würden. Als sie hierhergefahren war, hatte sie gar nicht daran gedacht. Aber jetzt schien es ein recht unangebrachter Tag, um zu gehen.

„Gefällt es dir?“, fragte Wes und hielt stolz die Herzkarte hoch, die er so sorgfältig ausgeschnitten hatte. Sie hatte ihm mit der Schere geholfen und Trudy hatte ihm stumm beim Kleben geholfen und dabei, die weißen, ausgeschnittenen Herzen auf das größere zu kleben.

Olivia ließ ihre Hand liebevoll durch Trudys Haar gleiten und klopfte ihr auf die Schulter. „Das hast du gut gemacht, dass du Wes geholfen hast“, sagte sie und lächelte beide Kinder an.

„Gefällt dir meine Karte?“, fragte Trudy.

„Ich liebe sie. Danke dir.” Die Karte die Trudy gemacht hatte, war wunderschön mit ausgeschnittenen Blumen und Herzen und bunten Worten, die ihr sagten, dass sie die beste Mama der Welt war. „Du bist die beste Tochter, die eine Mutter sich wünschen kann.“

„Und ich bin der beste Sohn?“

Wes Frage erreichte sie und brach alle Abwehren von Olivia. „Ja, das bist du“, sagte sie und konnte nichts anderes sagen, außer was sie fühlte. Oh, wie sehr sie seine Mutter sein wollte. Wie sehr sie den leeren Platz ihrer Schwester einnehmen wollte.

Sie befand sich im kompletten Chaos.

„Geht es dir gut?”

Olivia versteifte sich bei Gabes Frage, aber starrte weiterhin nach draußen in die Nacht. Sie hatte nicht schlafen können und so hatte sie sich angezogen und war hinausgegangen. Der Himmel war wunderschön und klar mit funkelnden Sternen, die wie Diamanten auf einer schwarzen Decke aussahen. Wenn nur ihr Herz so klar wie der dunkle Himmel wäre, dann würde es ihr gut gehen.

„Nein, geht es mir nicht", gab sie ehrlich zu.

Gabe stellte sich hinter sie, und obwohl er sie nicht anfasste, konnte sie ihn fühlen. Jede Faser in ihr war sich seiner bewusst.

„Olivia", sagte er und seine Stimme klang schroff und fragend.

Sie verschränkte ihre Arme noch stärker und hielt sich fest. Wenn sie das nicht tun würde, wusste sie, würde sie sich umdrehen und nach ihm greifen. Aber es war nicht an ihr das zu tun. Sie hatte niemanden, nach dem sie greifen konnte. Nicht mehr.

Sie schloss ihre Augen und erinnerte sich daran zu atmen, versuchte das Zittern ihres Geistes zu beruhigen.

„Olivia", sagte er wieder und ihr Herz stand still, als er sanft seine Hände auf ihre Schultern legte und sie zu sich zog. Die Zeit stand still, als ihre Blicke sich trafen. „Ich konnte in letzter Zeit an nichts anderes als an dich denken."

In Gabes Augen glomm Leidenschaft, als er nähertrat und seine Arme um sie schlang. Olivia hielt den Atem an und sie konnte sich nicht nicht bewegen. Sie hatte sich das so sehr gewünscht – die Erkenntnis durchfuhr sie, während Gabe seine Lippen auf ihre senkte.

Sie hatte ihre Arme immer noch verschränkt, als ob das sie davon abhielt, ihr Herz völlig zu öffnen. Aber als er sie hielt und sie küsste, öffneten sie sich und umschlang seine Hüfte. Ihre Arme waren leer gewesen, seit sie Justin verloren hatte. Bis Gabe kam, hatte sie sich danach gesehnt ihn zurückzubekommen, aber jetzt füllte Gabe die Lücke, die Justin in ihrem Leben hinterlassen hatte. Jetzt war Gabe hier und das war richtig. Sie küsste ihn mit all ihrer Leidenschaft. Und sie erkannte, dass nur Liebe das so richtig machen konnte.

Nur Liebe konnte ihre Sehnsucht nach Justin beenden und ihr Herz für eine neue Zukunft öffnen.

Eine Zukunft?

Sie zog sich sofort zurück, als es sie mit voller Wucht traf, dass sie keine Ahnung hatte, ob es hier eine Zukunft für sie und Gabe gab.

„Ich glaube, wir müssen damit aufhören." Ihre Worte waren atemlos und zitterten. Genauso wie ihre Welt. Er zog sich zurück und fuhr mit beiden Händen durch sein Haar.

„Ich bin mir nicht sicher, wie das passiert ist", sagte er. „Ich kann mich auf nichts konzentrieren, außer darauf, dass du in ein paar Tagen gehst."

„Ja, das tue ich."

Seine Augen verdunkelten sich vor Gefühlen und sein schönes Gesicht zeigte Bestürzung. „Ich will nicht, dass du gehst."

So einfache Worte. So komplizierte Worte.

„Ich will nicht gehen." *Ich liebe dich.* Sie war nicht erschrocken über diesen Gedanken. Sie liebte ihn. Aber sie kannte ihn gar nicht richtig …, oder?

Wie konnte sie jemanden lieben, den sie erst vor zwei Wochen kennengelernt hatte? Sie hatte sich schnell in Justin verliebt, aber sie waren ein Jahr miteinander ausgegangen, ehe sie geheiratet hatten. Aber sie hatte innerhalb von wenigen Wochen gewusst, dass das der Mann war, mit dem sie den Rest ihres Lebens verbringen wollte.

Warum also war sie so schockiert darüber, dass sie Gabe lieben konnte?

Sie entfernte sich von ihm und ging in den Garten hinaus. Glühwürmchen bevölkerten die Weide und sie lief zum Zaun, der den Garten von dem trennte, wo sie im Dunkeln leuchten.

„Ich habe sie in letzter Zeit nicht oft gesehen“, sagte sie, als Gabe sich neben sie stellte.

„Es gibt dieses Jahr mehr von ihnen als früher.“

Sie sah ihn an und ihr Magen war in Aufruhr, bei all dem was ihr durch den Kopf und durch ihr Herz ging. „Du bist ein guter Mann, Gabe. Ich habe dir das nicht gesagt, aber ich habe dich die letzten beiden Wochen beobachtet und obwohl ich mir nicht sicher war, was du vorhattest, als ich angekommen bin, weiß ich das jetzt. Du hast wirklich nur Wes beschützt. Ich hoffe, du siehst jetzt, dass ich ihm nicht schaden will.“

„Ich weiß, dass du ihm keinen Schaden zufügen

wirst. Du bist nicht so – wie deine Schwester.“

„Du weiß, du wirst ihr vergeben müssen, so wie ich schon gesagt habe.“

Er antwortete nicht darauf. Stattdessen ließ er seinen Finger an ihrem Kinn entlanglaufen. „Ich habe dafür gebetet. Ich bin mir nicht sicher, ob ich das kann. Aber Olivia, ich weiß, es gibt einen Grund, warum du in mein Leben gekommen bist. Ich habe dir gesagt, dass ich nicht weiß, ob ich wieder heiraten könnte.“

„Ich glaube, deine Worte waren eher, dass du nie wieder zum Idioten werden wolltest. Was mich traurig macht, ist diese Bitterkeit, die dich so im Griff hat.“

Er trat nahe heran. „Ich könnte mit dir wieder nach vorne schauen. Du bist gut für Wes. Du könntest die Mutter sein, die er nie kennengelernt hat. Du kannst die Verbindung zu ihr sein, die so wichtig für dich ist.”

Wenn auch nicht so wie sie es gerne hätte, er bat sie aber dennoch, zu bleiben. „Ich kann nicht bleiben, außer es gibt mehr Grund, als nur gut für Wes zu sein. So verrückt das auch klingt, ich habe mich in den vergangenen Wochen in dich verliebt. Das macht mir Angst. Aber es ist die Wahrheit.“

Da – sie hatte es gesagt. Aber ihr Herz schmerzte und es klang nichts Romantisches bei den Worten mit. Es hörte sich so steif und kurz an. Überlagert von seiner Bitterkeit und davon was er gerade gesagt hatte. So sehr sie Wes auch liebte, sie konnte nicht nur deswegen bleiben. Das wäre unfair für alle.

„Ich muss jetzt reingehen.” Sie ging los, dann drehte sie sich um und küsste ihn sanft auf die Lippen. „Ich glaube, du bist stark und loyal genug, um Dawns Erinnerung in Frieden ruhen zu lassen, sodass du in deinem Herzen Frieden findest. Es ist der einzige Weg – wenn du glaubst, dass es eine Zukunft für uns gibt – dann können wir eine haben. Es muss aber auf der richtigen Grundlage geschehen. Du musst dich von dieser Bitterkeit befreien.“

Er sagte nichts weiter, als sie zum Haus ging. Sie hatte sich verliebt, aber da war keine Freude dabei. Sie öffnete die Tür und glitt in das ruhige Haus und spürte, als wenn sie die Tür zu jeder Hoffnung schloss, dass sie ein Leben zusammenführen konnten.

Was hatte sie sich überhaupt dabei gedacht?

Das Beste war, wie geplant nach Hause zu fahren.

Sie und Trudy hatten ein Leben in Houston. Sie gehörten nach Houston. Nicht hier her nach Mule Hollow. Nicht hier zu Wes und Gabe.

„Mama, ich kann Wes nicht finden." Trudy kam in die Küche, wo Olivia und Georgetta miteinander sprachen. Olivia hatte versucht ihre Gefühle vor Georgetta zu verstecken, aber das war schwer. Sie war sehr aufmerksam. Und hoffnungsvoll.

„Was meinst du?", fragte Olivia und stand auf.

„Wo ist er hingegangen?", fragte Georgetta gleichzeitig.

Sie gingen alle während des Gesprächs auf die Veranda.

Trudy sah aufgeregt aus. „Wir – wir sind zum Spielen rausgegangen und ich –" Sie hörte auf zu sprechen. „Er wollte sich in einem seiner Geheimverstecke verstecken und ich kann keins davon finden."

Olivia versuchte die Sorge zu verdrängen, die sie erfüllte, und blieb ruhig. „Er muss ja hier irgendwo sein. Los, wir beeilen uns und schauen noch einmal an seinen Geheimverstecken nach. Vielleicht hat er sich vor dir versteckt, als du nach ihm gesucht hast."

Trudy sah nachdenklich aus. „Vielleicht."

Zwanzig Minuten später schauten sie an all den Orten nach, wo er sie hingebracht hatte. Die Bäume hinter der Scheune, wo er ein Provisorium aufgebaut hatte. Der Heuboden. Die Büsche in der Nähe des Pumphauses und die Mesquitebäumen mitten auf der Weide. Sie riefen nach ihm und verteilten sich, aber sie fanden ihn nirgendwo.

„Wir müssen Gabe anrufen", sagten sie und Georgetta fast gleichzeitig, als sie ihn auch bei den Mesquietebäumen nicht finden konnten. „Das ist zu weit weg vom Haus. Wenn er weiter gelaufen ist, dann hat er sich vielleicht verlaufen."

„Er weiß es doch besser als wegzulaufen", sagte Georgetta und Sorge erfüllte ihre Stimme. „Los, wir rufen an."

„Nein, du rufst an, ich werde weitersuchen." Olivia konnte den Gedanken nicht aushalten, dass Wes sich verlaufen hatten. Ihr Herz pochte und ihre Hände zitterten, als sie sich zum Gehen umdrehte. Trudy bewegte sich nicht.

„Mama“, sagte sie und zog Olivia zurück. „Ich – Ich habe ihm gesagt, er solle verschwinden.”

„Was?“, sie drehte sich zu ihrer Tochter. „Schatz, warum hast du das getan?“

Trudy sah kummervoll aus. „Weil er über dich gesprochen hat und wie sehr er will, dass du seine Mama bist. Ich –“ Sie sah nach unten, „– ich habe ihm gesagt, dass du meine Mama bist.“ Die letzten Worte kamen wie ein Flüstern und dann ein Schluchzen. „Ich meinte das doch nicht so. Ich meine, ich wollte nicht – “

„Oh Trudy“, Olivia schlang ihre Arme um Trudy und blickte in Georgettas alarmierende aber mitleidige Augen. „Ich werde immer deine Mutter sein. Ich werde immer für dich da sein.“

Oh, wie sehr hoffte sie, dass ihre Tochter diese Angst überwand, die sie ihm Griff hatte. Sie wusste, dass es von dem Verlust ihres Vaters kam, aber wie konnte Olivia Trudy helfen?

Trudy nickte an ihrer Schulter. „Wir müssen Wes

finden“, schluchzte sie. „Er ist doch nur ein kleines Kind.“

„Okay.“ Olivia lehnte sich zurück und griff Trudys Schultern. „Du kommst mit. Georgetta du rufst Gabe an – so spät, wie es ist, bittest du vielleicht auch besser nach Hilfe.“

Georgetta nickte. „Ich kann die Truppen rufen. Mache dir keine Sorgen. Dieser Ort wird innerhalb von wenigen Minuten voll mit Helfern sein. Mehr als Mule Hollow Bewohner hat. Wir werden Wes finden, keine Sorge, Trudy-Schätzchen.”

Olivia hätte Georgetta für diese tolle Art mit ihrem Kind umzugehen küssen können. Sie betete nur, dass Wes sicher und wohlbehalten gefunden wurde.

„Komm, Mama. Lass uns Wes suchen.“ Trudy betrachtete sie mit ernsten blauen Augen. „Wir müssen ihn finden. Es ist meine Schuld.“

„Es ist nicht deine Schuld.“

„Ich war gemein zu Wes war und er seine Mutter verloren hat und ich meinen Vater. Ich hätte nicht so gemein sein sollen. Ich hätte nett sein sollen.“

Olivias Herz blutete und sie umarmte Trudy. „Du bist zehn Jahre alt. Du kannst dir hieran nicht die Schuld geben. Du bist auch verletzt.

„Aber er ist noch so klein. Ich werde immer nett zu ihm sein, wir müssen ihn nur finden.” Ihre Tochter schlang ihre Arme um sie und umarmte sie fest.

„Bist du bereit, um nach Wes zu suchen?“

„Ich bin bereit.“ Trudy nahm ihre Hand und dann gingen sie Hand in Hand, um nach Wes zu suchen.

KAPITEL ELF

In einer Staub- und Kieswolke kam Gabe zum Stehen und war aus seinem Truck gestiegen, noch ehe er ihn zum Stehen gebracht hatte. Seine Mutter hatte ihn auf seinem Handy erreichen können, ein Wunder an sich, da das Handynetz in Mule Hollow ziemlich lückenhaft war. Der Preis, den man zahlte, wenn man in diesem Teil des Landes lebte, aber dennoch schlimm bei Notfällen. Gott sei Dank hatte heute sein Handy geklingelt, obwohl er sich in einer Gegend aufhielt, die bekannt dafür war kein Netzempfang zu haben.

Offensichtlich hatten es ihre Anrufe auch an alle anderen geschafft, denn mehrere Cowboys kamen nach ihm an und einige waren gerade erst angekommen. Sheriff Brady und Deputy Cantrells Autos waren da, aber die Männer waren nicht in Sicht, er hoffte also, dass sie bereits bei der Suche waren. Georgetta eilte ihnen entgegen. Es waren fast zwanzig Minuten vergangen, seit sie angerufen hatte.

„Er ist immer noch vermisst. Einige der Männer suchen bereits – Brady und Zane sind da draußen. Und –“ Sie blinzelte einige Tränen zurück und schaute all die anderen um sich herum an. „Und alle diese wunderbaren Menschen sind auch hier. Olivia und Trudy suchen auch. Ich mache mir Sorgen, dass sie sich in den Wäldern verlaufen. Sie kennen diese Gegend nicht.“

Gabe schaute sich in der Gruppe um, eine Ansammlung von Mule Hollow Bewohner, Jung und Alt. „Wir werden sie finden“, versicherte er seiner Mutter, gerade als App und Stanley ankamen.

„Wo wurde er zuletzt gesehen?“, fragte er, als die zwei älteren Männer aus dem Truck stiegen. Sogar

Sam sprang mit ihnen vom Truck. Sie eilten heran und stellten Fragen und sahen dabei aus, wie Männer auf einer Mission. Es erinnerte ihn daran, dass diese drei Männer Veteranen waren und es machte ihn noch stolzer als je zuvor sie zu kennen.

„Was können wir tun?“, dröhnte Apps Stimme und er gesellte sich mit Stanley und Sam, die ihm eilig folgten, zu der kleinen Menge.

„Es wird in einer Stunde dunkel”, sagte Sam und warf seine Brust raus und seine Schultern zurück. So klein, wie er war, er sah weitaus mehr beweglicher aus, als sein Alter ihm auferlegte und er war bereit die Welt zu bekämpfen, um Wes zu finden.

„Ja“, stimmte Stanley zu und schaute Georgetta an und dann Gabe. „Wir verschwenden hier Zeit – lasst uns auf die Straße fahren. Was sollen wir tun?“

Georgetta nickte. „Danke, dass ihr gekommen seid, Männer“, sagte sie. „Ich habe gerade Gabe gesagt, dass wir Wes das letzte Mal hier im Garten gesehen haben. Er und Trudy sind nach draußen gegangen und er –“ Ihre Worte brachen ab. „Er ist weggelaufen.“

Etwas an der Art, wie sie das sagte, ließ Gabe die Information infrage stellen. „Was erzählst du mir nicht?“

„Naja, arme Trudy. Sie ist nur ein kleines Mädchen und sie war verletzt. Er hat ihr gesagt, dass er Olivia als Mutter haben will und Trudy ist eifersüchtig geworden. Sie kämpft seit dem Tod ihres Vaters immer noch mit Verlustängsten. Es tut ihr jetzt so leid, aber naja, sie hat ihm gesagt er solle verschwinden. Und dass Olivia ihre Mutter sei.” Sie schaute alle an. „Sie ist erst zehn und ihre Mutter ist alles, was sie hat. Sie kämpft mit sehr schweren Problemen und Verlusten. Der Tod eines lieben Menschen tut weh, besonders für ein kleines Mädchen. Es tut ihr so leid, dass sie Wes damit verletzt hat. Ihr müsst mein Baby finden und ihn sicher nach Hause bringen. Um unser Willen und um seinen und für das kleine Mädchen.“

„Wir werden ihn finden. Wo ist er langgegangen?” Nachdem Georgetta ihm die Richtung gezeigt hatte, in die Olivia gegangen war, koordinierte er die Suche mit den anderen. Viele der Männer waren mit dem Pferd gekommen und einige hatten ihre Geländewagen dabei. Er stieg in seinen Truck und eine ganze Gruppe Männer fuhr über das Land in die Wälder, wo Olivia und Trudy suchten. Diese Gegend der Wälder führte weiter hinaus in die raue Landschaft. Wes war erst vier; diese Gegend war viel zu weit weg für einen kleinen Jungen, um sie zu erreichen. Oder etwa nicht?

Wes wurde immer gesagt, nie wegzulaufen. Die Baumgruppe war das Entlegenste, wo er hingehen durfte. Er war ein kleiner Junge und hatte Angst zu weit wegzugehen. Nein, Wes hatte seine kleinen Verstecke, aber die waren innerhalb der Reichweite. Sicherlich würden sie ihn irgendwo in der Nähe finden.

Sicherlich. Zusammen mit seinen Freunden an seiner Seite lief Gabe in die Wälder bekämpfte dabei das Gefühl der Hilflosigkeit. Er rief nach Wes und er konnte das Echo durch die Wälder hören, als die anderen dasselbe taten.

Olivias Schrei vor ihm erleichterte und verängstigte ihn gleichzeitig. „Olivia, wo bist du?“

„Hier“, rief sie und kam durch die Schatten der Bäume in Sicht. Trudy rannte ihm entgegen und warf sich in seine Arme. Tränen liefen über ihre Wangen.

„Wir können ihn nicht finden“, weinte sie. „Er antwortet uns nicht und das ist alles meine Schuld.”

Olivia sah blass und zittrig aus, als sie ihn erreichte. „Wir sind im Kreis gegangen“, sagte sie unzufrieden. „Ich bin hier nutzlos. Gott sei Dank seid ihr alle jetzt da.“

Er hielt Trudy nah an sich gedrückt und spürte, wie sich sein Herz für den Schmerz des Mädchens öffnete. Er erkannte, dass Wes seine Mutter verloren hatte, noch ehe er sie kennengelernt hatte und obwohl er sich nach einer Mutter sehnte, kannte er den Verlust, den Trudy erlebt hatte nicht. Er wusste, wie es war seinen Vater zu verlieren, aber die Zeit hatte ihm geholfen, diese Wunde zu heilen. Trudy hatte geliebt und verloren und die Wunden des Verlusts waren immer noch frisch und würden für immer in ihrem Leben wehtun. Er hatte dasselbe durchgemacht und erlebt. Von Anfang an hatte er sich mit ihrem Schmerz verbunden gefühlt und er wollte ihr helfen.

„Wir werden ihn finden, Trudy. Wir haben die ganze Kleinstadt hinter uns, die die Ranch durchkämmt. Halte durch kleines Mädchen – wir werden ihn finden. Sogar App und Stanley haben das Schach aufgegeben, um ihn zu finden. Und Sam – siehst du ihn durch die Bäume?“

Apps Stimme dröhnte wie ein Schallschlag, als er nach Wes schrie, und das Geräusch veranlasste sie, ein kleines Lächeln durch ihre Tränen zu zeigen. Olivia sah ebenfalls aus, als würde sie bald zusammenbrechen. Er streckte seinen anderen Arm aus und sie kam zu ihm und vergrub ihr Gesicht an seinem Hals.

„Wir werden ihn finden”, sagte sie.

Ihr Atem fühlte sich an seiner Haut warm an und Trudys Tränen fühlten sich an seiner Schulter heiß an. Zwei Wochen zuvor hatte er noch versucht diese beiden wegzuschicken und jetzt war alles, was er wollte, ihre Ängste beruhigen und seinen Sohn finden. Alles, was er wollte, war sie wieder alle zusammenzubringen … und dass seine Welt damit vollständig wäre.

Der Gedanke hallte durch ihn wie der Klang der vielen Menschen, die nach Wes riefen.

„Los kommt, lasst uns unseren Jungen finden.“

Olivia nahm seine Hand und Trudy sprang aus seinen Armen und rannte los und schrie so laut sie konnte nach Wes. Die Sonne ging unter und die Schatten wurden länger.

„Es wird schon bald dunkel. Was sollen wir tun?“, fragte Olivia, als Trudy nicht in Hörweite war.

„Wir werden weitersuchen. Wenn sie davon hören, wird jeder Mann und jede Frau hier sein. Wenn sie ihre Pferde oder ihre Geländewagen mitbringen können, dann werden sie das tun.“

„Okay“, sagte sie erleichtert. „Du lebst an einem wunderbaren Ort.“

„Ja, ich habe es von Anfang an geliebt, als ich hierhergezogen bin.“ Sie liefen jetzt schneller und sein Herz war schwer. Dennoch fühlte er Frieden. „Du könntest Teil von dem hier sein, Olivia. Er verstärkte seinen Griff an ihrer Hand. Du könntest mich heiraten.”

Olivia stolperte und er war sofort da, um ihr zu helfen. „Ich hab dich“, sagte er.

„Danke“, keuchte sie und sah ihn an.

„Jetzt ist nicht der richtige Zeitpunkt, um darüber

zu sprechen, aber damit du es weißt, dass ist, was ich fühle. Und ich weiß, dass Wes das auch fühlt."

Sie berührte sein Gesicht. „Das ist so kompliziert. Wir müssen darüber sprechen."

„Das werden wir." Er schaute in die Bäume und den Abhang hinunter, auf dem sie standen. „Was ist das?", fragte er und sah einen Schatten in den Büschen.

„Was?", fragte Olivia aber er war bereits losgegangen.

„Wes", rief er. „Junge." Er lief auf die Büsche zu und drückte sie zur Seite und da, zu einem Ball zusammengerollt lag Wes und schlief fest. Tränen hatten seine Wangen beschmutzt und Gabe brach es fast das Herz, aber die Erleichterung und Dankbarkeit überkam ihm, als er auf die Knie ging und seinen Sohn in seine Arme nahm.

„Ich hatte Angst", sagte Wes von seinem Platz auf dem Schoss seines Vaters aus.

Das Wohnzimmer war gefüllt mit vielen, die bei der Suche nach ihm geholfen hatten, obwohl auch viele bereits zu ihren Familien nach Hause gefahren waren. Olivia und Georgetta waren damit beschäftigt gewesen Kaffee, Tee und Kuchen zu servieren. Georgetta hatte tatsächlich zwei Kuchen gebacken, während sie ihre Position im Haus hielt, falls Wes dort aufgetaucht wäre.

Jetzt standen sie nebeneinander in der Küche und nahmen die Szene vor sich auf. Gabe hielt Wes und Trudy saß auf einem Stuhl neben ihnen. Olivia wusste, dass es ihrer Tochter bereits besser ging, aber sie wusste, sie würde sie für eine Weile wieder zum Psychologen bringen müssen. Sie müsste nur einen finden, der Trudy helfen könnte, ihre Sorgen und Ängste zu verstehen, mit denen sie seit Justins Tod zu kämpfen hatte. Hoffentlich wäre sie diesmal empfänglicher dafür. Olivia spürte aber, dass sie das wäre.

„Ich saß nur in den Büschen, weil ich Angst vor den Kojoten hatte. Aber dann bin ich eingeschlafen und hatte einen Traum, dass mein Papa mich finden wird. Und dann bin ich aufgewacht und er hatte mich gefunden."

Olivias Augen füllten sich mit Tränen und sie begegnete Georgettas rot geweinten Augen. Gott war für Wes da gewesen, da gab es keinen Zweifel. Als sie wieder zu Wes schaute, sah sie das Gabe sie ansah. Ihr Herz stolperte, so wie ihr Fuß über die Schlingpflanze, die einfach aus dem Boden wuchs, genau an der Stelle, wo Gabe sein schlafendes Kind gesehen hatte. Ihr Herz hämmerte, als sie Gabe anschaute. Er lächelte zurück und ihr Herz schmolz zu einem Brei aus Liebe. Ein sehr dankbarer Brei.

Wie war das passiert? Sie hatte nie geglaubt, dass sie jemand anderen außer ihren Mann lieben könnte. Sie hatte nie geglaubt, dass ein Herz so viel Platz haben würde, um zwei Mal im Leben zu lieben. Aber so war es jetzt und sie war im Übermaß gesegnet.

Gabe hatte sie gefragt, ob sie ihn heiraten würde. Klar, es war inmitten einer Notlage gewesen, aber er hatte sie gefragt und sie wusste, dass das für ihn ein unglaublich großer Schritt war.

Es war spät, als sie endlich beide Kinder im Bett

hatten. Georgetta war ebenfalls schlafen gegangen und so waren Gabe und Olivia allein im Wohnzimmer. Er nahm ihre Hand und führte sie hinüber zur Couch und setzte sich mit ihr in seinen Armen darauf. Zitternd legte sie den Kopf an seine Schulter.

„Was für ein Tag. Ich bin froh, dass er zu Ende ist."

Er lehnte seinen Kopf gegen ihren und zog sie noch enger an sich. „Ich liebe dich, Olivia."

Ihr Herz begann zu hämmern. Sie hielt seine Hand in ihrem Schoss und legte ihre Finger über seine.

„Ich liebe dich auch, Gabe. Aber wir haben noch ein Problem."

„Nichts, was nicht gelöst werden kann. Die Kinder werden es gut bei uns haben. Trudy wird es gut gehen. Und Wes auch."

„Das glaube ich. Aber ich spreche über deine eigenen Probleme. Ich weiß nicht, was meine Schwester dazu gebracht hat, sich so zu verhalten, wie sie es getan hat, aber ganz tief in meinem Herzen, weiß ich, dass du ihr vergeben musst. Ich habe das schon so oft gesagt, aber ich halte das für richtig – ich kann dich nicht heiraten – wenn es wirklich das ist, was du willst – ehe du nicht meiner Schwester von Herzen vergeben kannst.“

Er hatte sich neben ihr versteift und sie wollte weinen. Könnte er Dawn vergeben? Und wenn er es nicht konnte, was würde sie dann tun? Sie setzte sich gerade hin, drehte sich um und schaute ihm direkt in die Augen. Da lag so viel Kraft darin. So ein Charakter. Wie hatte Dawn in diese Augen schauen und sich nicht sofort verlieben können? Wie hatte sie einfach so weggehen können?

„Ich kann mir nicht vorstellen, dass meine Schwester dich so schlecht behandelt haben soll. Ich kann es mir nicht vorstellen. Ein Blick auf dich und ich schmelze dahin.“ Sie wischte sich eine Träne weg. „Ich bin so überrascht, dass wir so zueinandergefunden haben. Ich hätte nie gedacht, dass ich nach Justins Tod noch einmal jemanden finden würde, den ich liebe … und dann habe ich dich gefunden. Und es ist alles so schnell passiert. Zu schnell. Ich habe schon fast Angst, dass es nicht wahr ist.”

„Du hast gesagt, dass du dich schnell in Justin

verliebt hast."

„Habe ich. Ich kann es einfach nur nicht glauben, dass es wieder so passiert."

„Du erkennst eine gute Sache, wenn du sie siehst." Er grinste und sie lachte.

„Ich wusste nicht, dass du so eingebildet bist."

Er drehte sie um, damit sie ihn ansah. „Nicht eingebildet. Ich bin genauso überrascht wie du, dass ich dich gefunden habe und dass ich gesegnet genug bin, dass du mich liebst. Olivia, wir haben noch viel vor und einiges zu tun. Aber wir können es schaffen. Nach allem, was wir heute durchgemacht haben und alles, was wir beide schon vorher durchgemacht haben, weiß ich, dass wir das schaffen können."

„Zusammen."

„Zusammen". Er wiederholte das Wort wie ein Schwur. „Ich liebe dich und du hast recht, ich muss das loslassen, was Dawn getan hat. Ich will keine Bitterkeit in dem Leben, das wir zusammenhaben. Ich will nicht, dass Wes aufwächst und spürt, dass ich negativ über seine Mutter denke. Ich habe ihr vergeben. Ich habe die Wut losgelassen und ich werde mich auf das konzentrieren, was sie mir gegeben hat – Wes und auch dich und Trudy. Wie könnte ich darauf wütend sein?“

Olivia fühlte sich wie in einem Traum. „Ich fühle dasselbe. Dawn hat mich zu dir geführt und ich werde für immer dankbar sein, dass sie das getan hat.”

Er nahm ihr Gesicht in ihre Hände. Gabe küsste sie auf die Stirn und dann auf die Lippen. „Ich muss dir etwas sagen“, sagte er ein paar Sekunden später. Seine Augen wurden dunkel. „Weißt du, ich wusste es nicht, aber Dawn war schon mit Wes schwanger, als ich sie geheiratet habe.“

„Was?” Schock breitete sich in Olivia aus.

„Ich habe es nie gewusst, erst als er geboren wurde und sie mir eine Nachricht hinterlassen hat, dass er nicht von mir ist.“

Olivia konnte es nicht glauben. „Wes ist nicht von dir? Warum würde sie das tun?“

Gabe berührte ihre Lippen mit seinen Fingerspitzen. „Shh“, sagte er sanft. „Wes ist vielleicht nicht mein Blut. Aber er gehört mir. Ich habe ihn vom ersten Moment an geliebt, seit ich ihn im Bauch seiner

Mutter gespürt habe. Ich habe ihn vom ersten Moment an geliebt, als ich von ihm erfahren habe. Ich hatte zuerst Angst, wenn du das herausfindest, dass du vielleicht das Sorgerecht für ihn haben möchtest. Aber ich könnte dich nicht heiraten, ehe ich dir das sage."

Sie konnte nicht anders. Sie schlang seine Arme um ihn und umarmte ihn von ganzem Herzen. „Ich wusste, dass ich dich aus einem Grund liebe." Sie lehnte sich zurück und schaute ihm tief in die Augen. „Du, Gabe McKennon, du bist der wunderbarste Mann."

Er sah erleichtert aus. „Ich bin der glücklichste Mann, wenn du mir sagst, dass du meine Frau werden willst. Das wir ein Leben gemeinsam führen können."

Olivia ließ all ihre Ängste und Sorgen los. Sie zweifelte nicht daran, dass sie da war, wo sie sein sollte. „Ja. Doppel Ja, ich werde dich heiraten." Sie lachte. „Ich kann es nicht abwarten, dich zu heiraten."

Gabe umarmte sie fest und vergrub sein Gesicht in der Beuge ihres Nackens. Sie fühlte, wie die Spannung von ihm abfiel und sie wusste, es würde alles gut werden. „Oh Gabe, ich kann nicht glauben, dass das passiert.“

„Glaube es.” Er lächelte sie an. „Willst du alle aufwecken und ihnen die Nachrichten überbringen?”

Olivia lächelte. Nur ein paar Stunden zuvor, hatte sie sich über Trudy Sorgen gemacht, aber jetzt spürte sie, dass Trudy sich darüber freuen würde. „Ja, ich würde es ihnen gerne sagen.”

Gabe stand auf und zog sie auf die Füße und küsste sie sanft. Und dann gingen sie Hand in Hand, um ihre Familie aufzuwecken.

KAPITEL EPILOG

Sechs Monate später

„Lauf, Wes! Lilly wird dich diesmal einholen", schrie Trudy und lachte, als ihre Schwester Lilly ein Seil über ihren Kopf schwang und es in seine Richtung warf.

Wes hatte einen riesigen Spaß dabei, so zu tun, als wäre er ein junger Ochse, während seine großen Schwestern versuchten ihn zu fangen.

„Mädchen können nicht werfen!", rief er, als das Seil neben ihm landete und Duke ihn umwarf und sich auf ihn rollte.

Lilly und Trudy kamen ihm zur Hilfe. Die Mädchen hatten sich sofort gut verstanden und beide Mädchen waren verrückt nach Wes. Sobald Trudy ihre Ängste Olivia zu verlieren überwunden hatte, war sie ein ganz anderes Mädchen geworden, dem der Gedanke einen kleinen Bruder zu haben sehr gefiel.

Olivia schaute ihnen beim Spielen zu und ihr Herz war so voll und dankbar dafür wir ihr Leben sich verändert hatte. Die Dinge waren perfekt, seitdem sie und Gabe sich verliebt hatten. Aber sie hatten auch verstanden, dass ihre Liebe füreinander sehr schnell entflammt war und sie hatten gedacht, dass ein wenig Zeit vor der Hochzeit für alle gut wäre. Sie hatten nicht das Gefühl, dass sie sich beeilen mussten, und hatten entschieden, sechs Monate zu warten, ehe sie heirateten.

Olivia und Trudy waren nach Hause gefahren und hatten sich dann nach ihrer Rückkehr in Mule Hollow eine Wohnung gemietet und es war schön für alle gewesen, Zeit miteinander zu verbringen und für Gabe und Olivia, die miteinander ausgingen ... oder sich gegenseitig den Hof machten, wie App und Stanley es im Diner nannten. Olivia gefiel der Gedanke, dass sie sich den Hof machten. Ihr gefiel auch der Gedanke Gabe dabei zu helfen, ein wenig Abstand zwischen seine Bitterkeit, die er für ihre Schwester empfand und die Vergebung, die er Dawn gegeben hatte zu bringen, sodass er nach vorne schauen konnte.

„Kannst du glauben, wie unsere Leben sich verändert haben?”, frage Maegan und zog ihre Aufmerksamkeit auf sich. Sie standen nebeneinander auf der Veranda.

Olivia lächelte ihre Schwester an, sie genoss die Zeit, die sie in den letzten Tagen seit der Hochzeit zusammen verbracht hatten. „Es ist immer noch schwer zu glauben, dass wir nach all den Jahren endlich wieder zusammen sind. Und dass wir jetzt die Mütter von Dawns Kindern sind.“

„Es ist ein Wunder“, sagte Maegan sanft, ihre Stimme war genauso mit Bewunderung erfüllt wie Olivias.

„Ja das ist es. Ich wünschte, wir hätten Dawn kennengelernt – vielleicht wäre es für sie anders gekommen, wenn wir alle als Familie zusammen gewesen wären.“ Der Schmerz in Olivias Herz für ihre jüngere Schwester würde nie weggehen. „Ich werde nie die Antworten auf viele Fragen kennen, die ich über ihr Leben nach dem Tod unserer Eltern habe.“ Es störte sie immer noch, aber sie hatte akzeptiert, dass sie nichts tun konnte, um die Vergangenheit zu ändern.

„Wir werden diese Antworten nicht bekommen”, stimmte Maegan zu. „Es ist traurig, aber wir werden nie wissen, ob wir ihr hätten helfen können …, aber wir wissen, dass wir ihren Kindern helfen können.“

„Ja“, sagte Olivia und drückte Maegans Hand. „Wir werden die Mütter für ihre Kinder sein.“

„Unsere Kinder.“

„Ja, das werden wir“, sagte Olivia und ihre Stimme krächzte vor lauter Gefühl.

Maegans Blick traf ihren mit Liebe und Entschlossenheit, zwei Schwestern zusammen auf einer Liebesmission. Aber noch ehe sie mehr sagen konnte, kamen Clint und Gabe aus dem Haus und stellten sich neben ihre Frauen. Maegan und ihre Familie würden morgen wieder nach Colorado fahren und daher hatten die Männer Steaks auf den Grill gelegt und dann Georgetta geholfen den Rest der Mahlzeit vorzubereiten. Sie wollten, dass Maegan und Olivia Zeit zusammen verbrachten, ehe Maegan wieder abfuhr.

„Geht es dir gut?“, fragte Gabe. Sorge lag in seinen Augen, als er die Gefühle in ihren Augen aufwallen sah.

Clint fragte Maegan dasselbe, die Olivia noch einmal anschaute und lächelte, als sie nickte und ihren Mann umarmte.

Ein Blick auf diese starken, liebenden Männer und Olivia und Maegan wurde noch mehr bewusst, wie unglaublich glücklich sie sich schätzen konnten.

Sie hatten als die Tanten für die Kinder ihrer lang vermissten Schwester begonnen, aber am Ende waren sie ihre Mütter geworden … Ihre traurige Lage hatte sich in ein wunderbares, wunderschönes Happy End für beide verändert.

„Uns geht es gut“, sagten Maegan und Olivia gleichzeitig.

„Einfach gut“, wiederholte Olivia und küsste Gabe

auf die Wange, als Wes, Lilly und Trudy den Weg hinaufgerannt kamen. Ihre Gesichter leuchteten vor Freude. „Das Leben kann nicht mehr besser werden“, sagte Olivia und zog Wes in ihre Arme.

„Besser als was, Mama?”, fragte er. Er glühte und schwitzte und roch wie das Heck eines Viehtrucks vom Spielen im Dreck.

„Besser, als meine ganze Familie um mich zu haben und die Kinder als Teil unseres Lebens.“

„Und dass ich dein Sohn bin?“, fragte er und legte sein feuchtes und vor Dreck strotzendes Gesicht zur Seite, seine hellblauen Augen leuchteten vor Liebe.

Olivias Herz schwoll vor lauter Liebe an. „Das stimmt mein Sohn. Dich als meinen Jungen zu haben ist das Beste von allem.“

Er kicherte bei ihren Worten. „Auch wenn ich wie eine Schildkröte rieche?“

Alle lachten.

Olivia umarmte ihn fest, ihr Herz war so voll mit Liebe. „Sogar dann“, sagte sie, „wenn du wie eine Schildkröte riechst.“

Weitere Bücher von Debra Clopton

Windswept Bay

Von Diesem Moment An

Irgendwo Mit Dir

Mit Diesem Kuss & Für Immer Und Ewig

Warten Auf Liebe

Mit Diesem Ring

Mit Diesem Versprechen

Die Cowboys von Mule Hollow Serie

Liebe Mich, Cowboy

Tanz Mit Mir, Cowboy

Immer Ärger mit Lacy Brown

… plus Baby macht fünf

Mein Herz gehört dir, Cowboy

New Horizon Ranch Serie

Ein Cowboy für Maddie

Ein Cowgirl für Rafe

Ein Cowgirl für Chase

Ein Cowgirl für Ty

Eine Familie für Dalton

Eine Tierärztin für Treb

Maddies geheimes Baby

Ein Cowgirl für Austin

Die Cowboys von Ransom Creek

Ihr Cowboy-Held (Vorgeschichte)

Braut zu mieten

Cooper

Shane

Vance

Drake

Brice

Über die Autorin

Die Bestseller-Autorin Debra Clopton hat bereits über 2,5 Millionen Bücher verkauft. Ihr Buch OPERATION: MARRIED BY CHRISTMAS soll sogar als ABC Familienfilm verfilmt werden. Debra ist bekannt für ihre modernen Westernromanzen, texanischen Cowboys und temperamentvollen Heldinnen. Romantik und eine Prise Humor werden immer miteinander verflochten, um den Leser zum Lächeln zu bringen. Als Texanerin in sechster Generation lebt sie mit ihrem Ehemann auf einer Ranch im Herzen von Texas und freut sich immer über Zuschriften von ihren Lesern.

Besuche Debras Website unter
debraclopton.com/deutsch

Melde dich für ihren Newsletter
www.subscribepage.com/KostenloseTexascowboyromantik

Triff sie auf Facebook unter
www.facebook.com/debra.clopton.5

Folge ihr auf Twitter unter @debraclopton

Kontaktiere sie unter debraclopton@ymail.com

www.ingramcontent.com/pod-product-compliance
Lightning Source LLC
Chambersburg PA
CBHW070458170726
48291CB00008B/2562